NEW MOBILE REPORT GUNDAM W Frozen Teardrop

新機動戰記鋼彈W

冰 結 的 淚 滴

2 贖罪的旋舞曲（下）

隅沢克之

封面 あさぎ桜・KATOKI HAJIME　原案 矢立肇・富野由悠季

登　場　人　物

Character

希洛・唯

維持著少年的模樣，沉睡在名為「睡美人」的人工冬眠用冷凍艙中。

麥斯威爾神父

迪歐・麥斯威爾。全身穿著黑色神父服，給人神秘兮兮感覺的中年男人。

迪歐・麥斯威爾

麥斯威爾神父的兒子，有點傲氣的辮子少年。鋼彈駕駛員。

張老師

張五飛。擔任「預防者」火星分局的局長職務，同時也是凱西的長官。

凱西・鮑

直屬地球圈統一國家總統的祕密情報部「預防者」的准校。莎莉的女兒。

莉莉娜・匹斯克拉福特

傑克斯的妹妹。據說與希洛一樣沉睡在人工冬眠用的冷凍艙中……

特列斯・克修里納達

艾因及安潔莉娜的兒子。殖民地領袖希洛・唯是他的舅公。

凡恩・克修里納達

特列斯的異父弟弟。克修里納達家與羅姆斐拉財團的正式繼承人。

傑克斯・馬吉斯

本名米利亞爾特・匹斯克拉福特。是匹斯克拉福特王的長子，但隱姓埋名。

露克蕾琪亞・諾茵

維多利亞湖基地軍官學校的預備生。特列斯在該校擔任教官。

亞汀・羅

希洛的生父，自希洛年幼時期便教導他恐怖分子的技術要領。

塞斯・克拉克

負責設計里歐及宇宙要塞巴爾吉的OZ技師長，希洛的繼父。

前情提要

Summary

身負密令執行「神話作戰」的凱西，為了喚醒作戰關鍵人物希洛・唯而前往預防者的火星分局北極冠基地見張老師。她在那裡遇到跟自己一樣帶著某件資料檔案的麥斯威爾神父和迪歐・麥斯威爾。由於從人工冬眠甦醒時，有可能會喪失原本的記憶，所以他們才必須去下載那些AC時代的紀錄。凱西最先閱覽的是與特列斯有關的檔案，從中得知特列斯的出生、他擔任教官時的第一次出戰，還有人稱第一次月面戰爭的「Ocean of Storms WARS」事蹟——

新機動戰記鋼彈W 冰結的淚滴

NEW MOBILE REPORT GUNDAM W Frozen Teardrop

隅沢克之

2 贖罪的旋舞曲（下）

Kadokawa Fantastic Novels

封面插畫／あさぎ桜、KATOKI HAJIME
插畫／あさぎ桜
日版裝訂／KATOKI HAJIME

贖罪的旋舞曲

特列斯檔案3

希洛．唯完全沒將我看在眼裡，逕自出了冷凍艙，站起身來。如果是一般人，從冷凍睡眠甦醒之後，得花上一整天才能站得起來。

那強韌的肉體真是令人難以置信。

他站在圍繞在身邊的冷冽空氣中，伸手摘去附著在睫毛上的冷霜，吐著白氣出聲說話：

「告訴我現在的狀況……」

「在這之前，有件事要先確認。」

張老師站在希洛．唯的面前，不疾不徐地插話進來，接著像是在確認對方意志似的開口問：

「你曾經這麼說過——」

「…………」

「『再也不殺任何人』。」

「……我記得。」

「現在你還有這種想法嗎？」

希洛沉默了很長一段時間。

——不殺任何人？

難以相信這種話會從鋼彈駕駛員的口中說出來。

我心中這麼思忖。

這樣的話，他能夠去執行「神話作戰」嗎？

老實說，這不得不讓我懷疑是否確實有必要把他喚醒。

這純粹是因為我認為戰場上並不需要這種「不殺人的士兵」。

可能是受不了這麼久都沒人說話，迪歐不滿地喊了一聲：「喂！」

「臭老爸，這樣不對吧？」

「你閉上嘴。」

神父仍是一副笑盈盈的模樣，輕聲斥道。

「看到這樣子，我怎麼閉得了嘴？」

「喂，迪歐……」

希洛一這麼開口說，兩個迪歐．麥斯威爾便同時回頭看去。

可是希洛說話的對象是神父。

「這個囉嗦的『劣質品』是做什麼的？」

「什麼？」

搶在少年迪歐發怒之前，神父伸手壓住那顆辮子頭解釋：

「他是我的兒子……」

神父笑得有些不好意思。

「兒子啊……那就沒辦法了。」

「哈哈哈，是啊。」

雖然在笑，但神父似乎馬上察覺到希洛話中的弦外之音。

「你這樣說是什麼意思啊？」

這不用說，當然就是指「劣質品」其來有自的意思。

不過，辛辣的諷刺還不只用在他們父子身上。

希洛下巴往我這邊一點，繼續說：

「那個女的也是劣化的莎莉？」

「你說什麼？」

我無法原諒他使用「劣化」這個詞。

看來這位名叫希洛．唯的少年，想要與當下所有人為敵。

張老師默默將手搭在正想要回嘴抗議的我的肩膀上，眼神透露出「冷靜下來」的意味。

「……老師。」

「妳還有事情要辦……在事情完成之前，他說的話並沒有錯。」

或許是這樣。

而且，一想到就在這個當下，我已經藉由這些檔案完全了解到希洛遠比我優秀，他會這樣講也是理所當然的。

他們過去的事蹟，我還沒有閱覽到足以讓我可以出言抱怨個幾句的程度，我理解到的就只是片斷不全的歷史而已。

我心中抱持著疑惑，不知希洛會如何回答張老師那句「再也不殺任何人」的問題，然後將虛擬眼鏡戴到頭上。

過去流進了我的意識之中。

那裡面的希洛．唯還只是六歲的孩子。對我的心理健康而言，這邊這位可說是讓人覺得輕鬆多了——

AC-186 SUMMER

L-1殖民地群的太空機場內，特列斯・克修里納達正苦思著月面上的戰略和戰術。

勝敗的關鍵恐怕就在機動力上了吧。至於會左右機動力的，將會是統率各部隊的指揮者身負的能力。

重力是地球的六分之一。

大氣過於稀薄。

無邊無際的月面石海。

若要將這個地方當作戰場，就必須要有性能比起完成度已經頗高的里歐Ⅲ型

「奇美拉」更好的機體。

最新型高機動宇宙戰用MS「格萊夫」（里歐Ⅳ型）。

這架機體的完成度之高令OZ特務部隊感到驚訝。其製作無視生產成本，已經大大地超出了量產型的定義，完全就是特別規格。就算將其稱作里歐的集大成之作也不為過。

負責設計製造里歐的塞斯・克拉克技師長在看到這架「格萊夫」的時候，簡直就是怒火中燒。

「這樣不就像是『托爾吉斯』了嗎？」

他心中肯定在抱怨：既然如此，當初又為何要降低成本？

「不行！我完全不同意！」

於是氣憤難平的塞斯辭去了負責設計製造OZ的MS的技師長一職。

他的辭職原因並非是機體被塗上了OZ特務部隊所特有的白色。

格萊夫兼具里歐的重裝備及艾亞利茲的高速飛行能力，其雙肩安裝了兩把肉搏戰用的光劍，並配備有與艾亞利茲同等級的高馬力輸出噴射器；而且右肩上還裝設了足以與特拉哥斯具備的中距離砲匹敵的加農砲，左手上的圓盤形盾牌則是標準配備。其雙肩還可以裝上中距離砲，以加強機體攻擊面。也可以各別換上實彈步槍、光束步槍，以在前線衝鋒陷陣。

相信其性能足以應付各種戰場。

「如果要這樣做的話，那一開始量產『托爾吉斯』就好啦！」

塞斯．克拉克自負成功量產了里歐。

所以這點被根本地翻轉過來，等於否定了自己所有的功績。

他不但生氣，可能也有嫉妒的心理吧。

可是——

特列斯認為這架機體可說是返樸歸真。回到「托爾吉斯」的「格萊夫」，正是掌握了這場戰爭勝機的關鍵。

問題是在駕駛員身上。

雖說是在月球表面，但周圍仍是幾乎真空的宇宙。

戰鬥的感覺會跟在地球上不同。

在戰鬥時，與敵人之間微妙的距離感，感受戰場上獨特氣息的皮膚感覺，在極度緊迫的情況下也能提高集中力的強韌精神——這三種或許可稱作是「直覺」的感覺是特列斯認為最為重要，並教導給底下知道的事。

要想擁有這些感覺，重點就在於戰爭時不可以猶豫。在地球上訓練時，要做到這點沒什麼問題，然而一旦到了宇宙空間，情況就不太一樣了。

不論是距離感、皮膚感覺還是集中力都會自然變差。這是因為重力及空氣濃度的變化影響，使得這些感覺會完全變了樣。

另一方面，敵方反聯合國軍長期居住在月面，肯定已經能掌握住這種在宇宙時的感覺。

雖然「格萊夫」配備了最新型的偵測裝置，但若要說光靠這樣就足以上場戰鬥的話，未免也太小看戰場了。

特務部隊的駕駛員面臨到的最重要課題，就是得儘快脫離地球引力的束縛，讓身體習慣那不同於地球的引力。

密里昂・里德爾哈特將軍用巨大光束砲消滅馬里烏斯工廠，這雖然就戰略而言是筆大大的敗績，就戰術而言卻是不幸中的大幸。

因為不用擔心敵方勢力會增加，時間在這當下變得相當充裕。所以不論是要進攻或防守，可以選擇的手段都很多。

可說是藉此而得到了足以充分思考要怎麼做的猶豫時間。

這也使得強行進軍遠赴到月面的這些年輕特務部隊士兵，可以恢復花了兩天在宇宙飛行所累積的疲勞，並且養精蓄銳。

特列斯將下降至月面的日期定在三天之後。

「在這三天的時間內，各位要讓身體習慣宇宙的感覺。」

他下了如此指示。

「要是叛亂軍在這三天的時間內去攻擊月面基地的話，要如何行動呢？」

提問的是伊滋米預備生。

「或許還是預先為緊急出動的情況作準備會比較好吧？」

跟平常一樣，他依然提出了預測戰局的建議。

「三天後下降至月面，這點不會改變……」

特列斯溫和地對著眼前這些面露疑慮的預備生補充：

「各位OZ特務部隊的同仁，既然馬里烏斯工廠已經被摧毀，這次的戰事已經算是失敗了……所以我們的目的既不是鎮壓叛亂軍，也不用顧慮到要去救援月面基地這一層面。」

沒有人懷疑或是提出疑問——

那麼，我們是要去做什麼的？

到底是為什麼而出戰？

他們早已經學到這些問題的答案。

——自己設想該如何行動！

——要為後進的士兵著想！

這兩種觀念已經深植於他們的內心。

特列斯最後下了結論：

「祝各位訓練有成。解散。」

這個時候，聯合國宇宙軍在「寧靜海」月面基地的所有軍力分別是：主力MS奇美拉（里歐II型）十五架，特拉哥斯（月面地上戰用II型）五架，高機動宇宙戰鬥機五架。

相對的，搶到月面巨大戰艦「薩吉塔里烏斯」的反聯合國軍除了這艘戰艦，還擁有新型奇美拉（里歐III型）八十架。

就算加上特列斯所率領的特務部隊擁有的二十五架「格萊夫」（里歐IV型），單純論數量的話，戰力比也是50：80。

如果將反聯合國軍的「薩吉塔里烏斯」當作五十架分量的MS來計算，那就是50：130，對聯合國宇宙軍是絕對不利的狀況。

假設反聯合國軍在特列斯一行人會合前就去攻擊月面基地的話，應該是一定贏得了吧。

不管是誰，都會想要伸手去摘取「征服月面」這顆榮耀的果實。

特別是戰士性格的那些反抗組織成員，正屬於這種強硬想法的推行派。

另一方面，那些勞工則是對此抱持疑慮，表現出軟弱的態度。

停泊在「風暴洋」的戰艦薩吉塔里烏斯，其簡報室內每天都以此為議題，士兵與勞工雙方不斷地交換意見討論。

「我們應該要展開和平談判吧。」

「應該進攻『寧靜海』才對！」

「同意！」

「我們一定贏得了！」

士兵紛紛以強硬的態度如此表示。

「然後呢？」

總是在這般議論的時候不發一語的指揮官阿爾緹蜜斯・瑟帝奇，難得開了口表示意見。

「那還用說，當然是──」

接著士兵這方瞬間沉默，沒有再繼續說下去。其實他們根本就沒有之後的計畫。

「我們要讓聯合國軍見識到我們的意志，讓他們承認我們宇宙方面的獨立自主權！」

「就光用這隻人馬座薩吉塔里烏斯跟奇美拉那些小朋友？」

「這不就夠了嗎？」

年輕的士兵站了起來。

這已經是到了相互叫罵的程度。

「有了這樣的戰力，就連各殖民地內的聯合國宇宙軍也都足以驅逐了。」

「虛張聲勢的話啦……」

阿爾緹蜜斯深深地嘆了口氣。

「虛張聲勢？」

「各位知道二十一點吧？撲克牌的遊戲。」

「我們可不是在玩啊！是在打仗耶！」

「所以還是別打好了吧，是戰爭耶……」

「阿爾緹蜜斯女士，既然您這麼說，那可以告訴我們下一步該怎麼做比較好嗎？」

勞工代表衷心希望這位前線指揮官可以為他們指引方向。

但是阿爾緹蜜斯聳了聳肩，兩手一攤，只說了一句：「誰知道……」就再也沒說話了。

反抗組織中有個人站了起來。

「根據我們同伴的情資，ＯＺ特務部隊已經到達Ｌ－１殖民地宇宙區……」

簡報室頓時一片譁然。

不能再這樣一直孤立在月面了。特務部隊已經前來支援，這也就表示，之後地球方面還可能派出聯合國軍的增援部隊。

必須及早想出對策。

不然的話，不管是奇美拉的武器彈藥還是士兵的糧餉……不，甚至連現在呼吸的空氣，都會出現無法濾淨的危險。

在薩吉塔里烏斯艦內，有相當多人抱持這般想法。

特列斯正是猜到了這樣的狀況。

所以才會決定三天後再下降到月面。

在特列斯一行人到達之前有整整兩天的時間，但是戰艦薩吉塔里烏斯並沒有任何動作。

雖然根據就只是這樣而已，卻足夠讓特列斯滿懷信心了。

敵人並不團結。

特列斯如此解釋。

就算這一點判斷錯誤，反聯合國軍趁早展開進攻，他也已經先通告「寧靜海」上的宇宙軍基地要馬上投降了。

要是月面基地被搶走，反聯合國軍的下一步將會是以月面基地為基礎，和宇宙殖民地聯手行動。並且應該也可能會向聯合國發表「獨立」宣言。然而一想到再下一步的話，那難度將馬上大幅度提升。

幾乎可以肯定的是，靠近月球的L-1、L-2殖民地群會先舉兵，並與這座月面基地建立起防線，接著就會不斷與地球方面派來的聯合國軍展開獨立戰爭。到了最後，將被迫困守在月面基地內。

這是極大的賭注。

雖然不能斷言特列斯完全預測到如此程度，但相信他對此已經大致上有了心理準備。

因為若非如此，那麼就算不是特列斯，而是一般的指揮官，也判斷得了鎮壓月面基地是沒有意義的行為。

況且事實上，阿爾緹蜜斯並不贊同鎮壓這座基地，而那些長期在月球表面生活的勞工，也因為搶奪基地並不能保證他們可以獲得自由，自然顯露出消極的態度。

要是辦得到的話，這些勞工也許早就從這個地方逃出去了。

OZ特務部隊的到來更加強了這種想法。

雖然他們只能以想像來猜測特務部隊所駕駛的最新型「格萊夫」性能如何，但勞工們不僅有著切身經驗，更深刻明白，就算僅僅數個月，ＭＳ的開發工程也會有突破性的技術革新。

Ｌ－１殖民地群的太空機場內有著寬廣的候機室，其中設有可以觀賞窗外美麗的宇宙空間，並享用簡單餐點的吧檯式餐廳。

露克蕾琪亞與傑克斯正坐在靠窗的座位上喝著咖啡。

「宇宙還真是漂亮呢，傑克斯……」

在這裡也看得到夏季的星座。

「在那片銀河中的就是南斗六星的人馬座……比在地球上看得還要清楚。」

少女天真的臉龐露出興奮的光采。

「一般認為人馬座Ａ其中心有著黑洞……是會把所有事物，甚至是光都吞噬掉的黑暗空間……可是，那個地方真的什麼都沒有嗎？」

「…………」

傑克斯並不是很明白露克蕾琪亞話中的意思。

「沒有光的世界，是什麼都沒有……不，正確來說是什麼都看不到吧。」

露克蕾琪亞沒有回應這句話，只是手肘抵著桌子，側著臉靜靜地說：

「真正重要的東西是看不見的。」

少女一直眺望著窗外。

傑克斯將已經冷掉的咖啡拿在手上說：

「露克蕾琪亞……妳還滿熟星象的呢。」

說完後，就一口飲盡手上冷掉的咖啡。

當傑克斯放下咖啡杯後，露克蕾琪亞回過頭正面對著他。

「嗯……只要是關於星星的事，我都有興趣。像傑克斯，你這個『星星王子』的事也一樣。」

她看著傑克斯的眼睛如此說道。

「星星王子啊……」

傑克斯露出自嘲似的笑容。

星星王子是在一顆小星星上，與一朵玫瑰住在一起的孤獨王子。

傑克斯也知道這本由安東尼・聖修伯里所撰寫的童話故事書（註：此書原文為《Le Petit Prince》，中譯版命名為《小王子》，而日譯版命名為《星の王子さま》，因此有「星星王子」之意）。

「的確。」

「真正重要的東西是看不見的，傑克斯・馬吉斯。」

「妳真是個奇妙的女生，露克蕾琪亞・諾茵。」

一般推測，露克蕾琪亞・諾茵可能就是從這個時候開始愛上了傑克斯・馬吉斯。至於她此時是否已經知道傑克斯的真實身分，這就不得而知了。

可想而知，這次談話中，那語帶玄機的內容都是源自於露克蕾琪亞那獨特的直覺。

位在兩人座位遠處的吧檯旁坐著另外一對，正彼此喝著苦味馬丁尼及琴通寧。

男的是亞汀・羅，另外一位是那個後來以「希洛・唯」為代號的六歲孩子的母親：葵・克拉克。

「塞斯技師長看起來氣色不錯。」

「他好像也要離開ＯＺ，去當聯合國軍的技術顧問……似乎很不滿『格萊夫』的開發工作。」

「所以妳這次的任務是去監視他嗎？」

「嗯，差不多……」

「看起來就像是個普通的家庭。」

目前她的身分是塞斯的妻子，但實質上的身分無人知曉，因為她是隸屬於ＯＺ的祕密幹員。

「我還記得跟你一起在殖民地漫步時……那陣子是我最快樂的時光了。」

「妳也差不多該離職了。」

「孩子都已經六歲了呢。」

「看到他那麼健康，我是很欣慰。」

「你也多少該負點責任吧。」

「我是反對的呀。」

亞汀一口乾掉了琴通寧。

「我就是想生下你的孩子。」

葵晃動手上已經喝盡的酒杯，滾動其中的橄欖如此說道。

「可是妳要是一直待在OZ，那孩子就……」

「我知道，可是實在沒辦法……」

接著就深深地嘆了口氣。

「話說回來，將聯合國這邊的情報洩露給阿爾緹蜜斯的人，就是你吧？」

「苛刻勞工的人，不正是妳的老闆嗎？」

「那是茲伯洛夫啊……因為這次的事件，那個人也被拉出開發團隊了。」

「是嗎。」

後來開發出對人類而言最可怕的無人兵器「MOBILE DOLL」的茲伯洛夫，即因為在這次的降職嘗到了苦頭，而從此再也不相信任何人。

或許他從這時候開始的近十年時間中，就是靠著心中嫉妒及報仇這種負面的情緒，設計出「ＭＤ」的吧。

真可說是驚人的執念啊。

酒保站在兩人的面前詢問：「還要喝什麼嗎？」

跟酒保說了「再給我一樣的」之後，葵又轉頭面向亞汀。

「為什麼要轉成自由身分呢？你心裡還在意著那件事嗎？」

「別說了。」

「一定是這樣吧？」

「都已經是十年前的事了。」

「會跟妳分手也是因為那件事。」

「…………」

「可是，那並不是ＯＺ下的命令，而是宇宙軍的塞普提姆——」

「都一樣。」

亞汀打斷葵的話。

「我是個大笨蛋，是把歷史搞得一塌糊塗的元凶，這一點不會改變。」

這時候，倒在新杯子中的琴通寧及苦味馬丁尼送了過來。

酒保對二人說了聲：「請慢用。」之後，就又回到吧檯的後面。

「這次的委託人是殖民地那邊的人對吧？」

「不要過問，我們都在工作不是嗎？」

「這很奇怪啊。」

將馬丁尼一口氣喝下後，葵說：

「馬里烏斯工廠的叛亂及送阿爾緹蜜斯進去的時機太巧妙了。」

葵已經露出醉意。

但這醉意使她原本就尖銳的直覺變得更加敏銳。

「這樣啊……目的應該是消滅掉馬里烏斯丘的大洞吧……」

葵的眼神因為馬丁尼而變得更加晶瑩剔透。

「誰都猜得到，密里昂會發射那個光束砲啊。」

「殖民地的技術人員已經成功精煉出那個合金了。」

亞汀看著琴通寧冒出而消去的泡泡，靜靜開口說：

「他們不可能把合金交給ＯＺ或是聯合國。」

葵露出了妖豔的笑容。

「難道他們想用鋼彈尼姆合金製造ＭＳ？」

「誰知道。」

這兩人並沒有再繼續深談下去。

雖然葵是半開玩笑地猜測，但殖民地方面的那些科學家確實是認真想要用鋼彈尼姆合金製造出ＭＳ「鋼彈」。

而且諷刺的是，他們兩人的孩子將會成為駕駛鋼彈的駕駛員。

這三天之中——

反聯合國軍的士兵全都專心一意地在月面演習訓練。

他們勝過特務部隊的地方，就在於月面戰爭所得的經驗，以及八十架奇美拉跟月面巨大戰艦薩吉塔里烏斯這般絕對優勢的資源。還有就是指揮官阿爾緹蜜斯架構而成的必勝戰鬥陣形模式。

但戰場上的經驗雖然寶貴，卻非絕對必要。

因為敵人不一定會採用相同的戰術進攻，對手也不可能都以同樣的機體交戰。

然而反聯合國軍的士兵把這點當作是不容置疑的優勢，內心近乎迷信般地仰賴著。

「不管他們開什麼樣的新型機打過來，反正也是第一次駕駛，也不習慣這個戰場！相較之下，我們卻是用慣了的奇美拉啊！狀況一定是對我們有利！」

士兵與勞工對於這樣的看法都是一致的。

雖然原本百架的奇美拉因為前一次戰鬥而減到剩下八十架，但陣形組織只是把八芒星變成了六芒星而已，在功能上幾乎不會有什麼影響。

由王牌駕駛員駕駛的二十架奇美拉游擊隊當然堅如磐石，但負責運作以十架為單位的六個部隊各自的指揮官，可就讓人不太放心了。

阿爾緹蜜斯心想，若不能解決心中這一絲不安感，那麼將難以取勝。

既然對手是那支由特列斯・克修里納達率領的特務部隊，重點肯定就在統馭能力上。

此外，若設想特列斯部隊將會活用格萊夫的高速機動機體特性，展開突襲的話，將極有可能發生指揮系統因此混亂，迫使各單位必須自行判斷行動，最後陣形瓦解而被各個擊破的危險性。

反聯合國軍是由士兵與勞工混雜在一起組成，想法及目的也不一致。

要統馭這樣的組織，可說是困難至極。

於是阿爾緹蜜斯從二十位游擊隊的王牌駕駛員中遴選出六位，讓他們擔任六個部隊的指揮官。

這些游擊隊的成員原本就擅長獨自行動，要率領九個部下集體行動，想必對他們來說是個沉重的負擔吧。

雖說如此，阿爾緹蜜斯仍堅決這個決定。因為要是贏不了這場月面戰爭，往後的戰略也就無從談起。這點至少是再明白不過的事了。

三天後，ＯＺ特務部隊便降落到月面的「寧靜海」宇宙基地，與聯合國軍會合，但並沒有馬上行動。

他們沒有展開突襲。

這讓阿爾緹蜜斯感到放心。

如果特列斯跟密里昂將軍一樣，想以月面會戰的形式展開全面決戰的話，那麼用前一次那樣的陣式就可以應付。

要想在月面作戰，就非得習慣那僅有地球六分之一的引力；反過來判斷，便可猜想與其用突襲，倒不如選擇全面會戰還更為確實。

既然如此，就把先前遴選的六位王牌駕駛員調回原來的游擊隊，以防衛型的雙層陣式迎擊。阿爾緹蜜斯認為這樣的抉擇是最佳的戰術策略。

阿爾緹蜜斯的心中相當在意特列斯。

不，或許可以說太過在意了。

這是因為雙方都有著藉由有效活用了近乎外行的士兵而贏得勝利的指揮官這般相似的立場，自然而然使得她萌生出對抗的意識。

不過，事實上卻不是這麼一回事。

阿爾緹蜜斯總是在事前研究敵方指揮官的性格和攻防上的舉止，這點在與密里昂將軍交手時也是一樣。

——知己知彼，百戰不殆。

她很看重這項軍事教條。

另一方面，特列斯對敵方指揮官則並不怎麼關心。此時此刻，他恐怕都還不知道阿爾緹蜜斯這個名字。

這兩人還值得特別一提的差別，就是「信不信任自己的部下」。

阿爾緹蜜斯終究只把士兵當作是西洋棋局上的棋子。相對的，特列斯則是尊重對待各個士兵，並懷抱著放手讓他們隨自己的意志行動的理念。

這個時候，凡恩・克修里納達正造訪L-1殖民地群的醫療設施。

表面理由是來討論位在月球另一側的L-2殖民地群內，有逐漸擴散傾向的新品種病毒的應對方案。

那是死亡率超過40%，感染率亦接近此一數據，相當危險的病毒。

外界一般稱作「殖民地感冒」。

狀況相當危急，必須儘速製作疫苗予以立即發放。

這座L-1殖民地的醫療設施內，集合了許多逃亡到此的前山克王國優秀的醫療人員。

「現在只能依靠他們的能力了。」

凡恩提出提供資金的保證，請求醫療團隊以拯救人命為優先。

然而有位醫生對凡恩如此表示：

「你們羅姆斐拉財團一方面靠製造殺人兵器斂財，一方面卻又說想要拯救人命？」

這的確矛盾。

「我不想理會諷刺的話。我們真心想要拯救在宇宙的民眾，懇請各位協助。」

醫療團隊站在人道的立場而接受了請託。

疫苗在完成後就立刻分發給L-2殖民地群。

順帶一提，這個時候六歲的迪歐．麥斯威爾就出現在L-2殖民地群的V08744，並與一名叫作索洛的少年相識。

索洛因為罹患了這種新病毒，迪歐便從醫療設施偷出病毒的疫苗為他注射，但可能是為時已晚，索洛很快便死亡了。

雖說迪歐應該也受到病毒感染，卻沒有發作。

他感念去世的索洛，而抱著「我們永遠在一起」的心意，從此稱自己為「迪歐」（註：「索洛」與「迪歐」相當於中文的單數、雙數之意）。

凡恩此行還去探望了安潔莉娜。

這點才是他前往宇宙的真正理由。他想要見見心愛的母親一面。

「母親的氣色不錯呢。」

「這都是山克王國的治療有方……」

這時安潔莉娜已經三十四歲。

她往日的美麗仍不見衰退，聲音卻已沙啞，語氣也虛弱到令人痛心。

「這國家的空氣好像很適合我呢。」

而且因為長期住院，導致手腳也沒什麼力氣，甚至沒辦法自行走路或站立。

「這樣子呀。」

「這陣子，你放學都沒辦法過來嗎？」

「咦？」

要是不注意的話，會覺得她還算正常，但安潔莉娜其實還把這個地方當作是山克王國的王立醫院。

「對不起……」

「星星好漂亮呢……」

空洞的眼神。

窗外的正對面是其他醫療大樓，屋頂上透過透明的外牆，顯現出一片寬廣的宇宙空間。

「可是，這夜晚還真是漫長啊……」

凡恩偷偷拭去眼角的淚水，以免安潔莉娜發現。

眼見深愛的母親變成這樣，他就是無法忍住眼淚。

「特列斯還好嗎？」

「嗯，哥哥目前正在月球。」

「啊，這樣嗎……」

凡恩想起了兄長。

特列斯就算遇到這樣的場面也仍然不會掉淚。

他是個意志與決心堅定的人。

「哥哥是讓地球與宇宙團結一致的英雄。」

「是啊。」

「而且，就像那時的流冰一樣優雅。」

「呵呵呵……這種理所當然的話，就不要再說了。」

特列斯前往會合對象的聯合國宇宙軍，是在會合經過兩天之後，才從「寧靜海」月面基地出動。

特務部隊的士兵，身體還未能習慣月面的引力。

但是特列斯卻下達了出動命令。

「我們已經掌握過於充分的感覺了……要有必勝的信心。」

「是！」

士兵各個都深信他們會勝利……不，是深信特列斯的話。

他們並沒有排出可稱作陣形的排列。

特列斯駕駛的白色格萊夫位在最前面，之後的部隊則是跟在他後頭。

特列斯的格萊夫頭頂上，安裝了領頭旗手用的藍色雞冠。

從此以後，白色與藍色就成了他的象徵配色。

——這點總讓人聯想起那流冰的顏色。

第二排是五架特拉哥斯Ⅱ型。

特拉哥斯的後面各跟著三架奇美拉。

接著跟在奇美拉後面的是五隊各由五架格萊夫組成的小隊，以縱隊方式前進。

這進攻方式，簡直就像是上個世紀的戰車步兵一樣，是種缺乏機動性且緩慢的行動方式。

在薩吉塔里烏斯的艦橋看到如此景象的阿爾緹蜜斯，第一個印象就是：「敵人該不會是在怕我們吧？」

事實上，如果使用了薩吉塔里烏斯的巨大光束砲，區區四十五架（特拉哥斯五架＋奇美拉十五架＋格萊夫二十五架）的部隊，是可能一舉瞬間消滅。

要說有什麼難處的話，就是距離了。

巨大光束砲因其特性，屬於直線前進。

要是距離太遠，即使是在平地發射，但因為月球本身的斜度為銳角，會幾乎打不中對手。

這跟在地球上作戰時不同，就算是平地，也要看作是球面。

月球表面積差不多是非洲大陸加上澳洲大陸。

直徑為地球的四分之一。

月球就是這麼小。

「原來如此……」

阿爾緹蜜斯了解到特列斯的盤算。

她猜想敵方之所以緩慢前進，為的是先誘使己方發射光束砲，再乘著重新填充能源的那段費時空檔來進攻。

「不過，我可不會中計。」

特列斯命令最前線的特拉哥斯停下。

停在於地平線上還看不到敵方身影的位置。

「那麼差不多該開始行動了。」

特列斯游刃有餘地表示。

那優雅的態度，就像是在品嚐下午的紅茶似的。

值得一提的是，這時候的特務部隊士兵中，沒有一個人感到緊張。

傑克斯正對著四名部下談論格萊夫的高超性能。

露克蕾琪亞讚嘆著從月面看去的地球有多麼美麗。

伊滋米正感嘆特列斯這次策劃的行動是多麼地了不起。

索拉克朝氣十足地高談著要如何在戰場上求生存。

艾爾維隊由四架組成，身分算是直屬於特列斯機。也因此，艾爾維這時正命令三名部下要拚命保護特列斯的生命安全。

這場戰事已經輸了——由於所有成員都抱持了這樣的想法，而得以放開緊張的情緒，並清楚理解到自己要做的事。

甚至看不出他們對眼前敵方有著薩吉塔里烏斯及大批奇美拉如此龐大的戰力感到害怕的心情。

雙方陣營相互遙望，沒有任何動作。

彼此的陣形都已經完成，但完全不見行動跡象。〈**陣形圖I**〉

突然間，有五架高機動宇宙戰鬥機飛來。聯合國宇宙軍僅存的最後戰力也在這時登場了。

但是這五架組成的機鬥機隊只是從雙方陣營剛好中間的位置低空飛過而已，沒有任何攻擊行動就飛離現場。

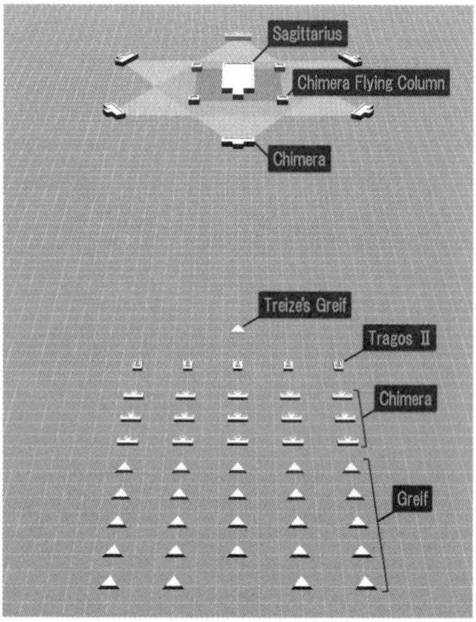

〈陣形圖Ⅰ〉

事情發生得短暫而突然。

反聯合國軍的奇美拉部隊只是擺好陣式，既不迎擊，也未開砲。

這飛行的場面不禁給人就像是在競技場上拉了一條中線般的印象。

位在薩吉塔里烏斯艦橋上的阿爾緹蜜斯，也同樣不能理解眼前戰鬥機飛越而過的舉動有何意義。

「有什麼企圖？」

「難道是要告知戰鬥開始嗎？」

助理軍官輕聲提及這一點可能性。

「不會吧。」

但是特列斯就像等待這刻已久似的，命令特拉哥斯隊開始射擊。

就射程而言，終究射不到敵方的奇美拉部隊。

「要開戰了嗎？」

阿爾緹蜜斯露出老神在在的笑容。

之前成功攻下摩加迪休的特列斯，戰法是先以高機動ＭＳ艾亞利茲前去擾亂，接著讓中距離支援用的特拉哥斯開砲。

雖然毫無成效，但現在對方的手法像極了那時的戰法。

「就算沒有效果，但這種驅除厄運般儀式的舉動，優點就是可以帶起鬥志。」

若是再顧慮到特列斯是出身貴族之人，這行為確實可以認定為騎士精神式的「戰前儀式」。

用戰鬥機在半空畫出中線的舉動，也可以解釋為相當於運動或決鬥時，決定規則的行為。

特拉哥斯的第二次射擊也完全打不到人。

「又是這種沒意義的攻擊。」

助理軍官語帶嘲諷。

「要不要回應一下呢？」

「也是……」

特列斯．克修里納達想必很清楚阿爾緹蜜斯的陣形。

「照理來說，對面的應該很清楚我們的底細。」

一旦發射，就會讓對方察知己方的動態。

「這才有趣啊。」

阿爾緹蜜斯露出美豔的笑容。

這正像是西洋棋的第一手棋：士兵。

對方極可能打的是棄子（註：Gambit。西洋棋的套路，犧牲一顆士兵，以利於布局的手法）的主意吧。

「前方的01、02、03奇美拉部隊向前進！游擊隊A隊（Alpha）、B隊（Bravo）為前面三隊的後援！」

陣形的前半部，總計四十的奇美拉就此前進。

對方最前線的五架特拉哥斯則是同時後退。

「敵方前線後退了！」

機組員高聲報告。

「哈！他們在怕我們了。」

阿爾緹蜜斯聽著助理軍官這樣的恥笑，心中難掩一絲不安。

（總覺得不對勁……）

雖然這樣想，她仍是按著步驟，命令薩吉塔里烏斯及後方部隊往前移動，將陣形恢復原形。

「巨大光束砲的砲擊預測如何？」

「破壞效果預測值未達20％。」

敵人不斷後退。

特列斯．克修里納達這樣的人竟然會採用如此消極的戰法，使得阿爾緹蜜斯心中感到訝異。

「目前的效果預測值超過15％了。」

反聯合國軍的前鋒奇美拉01隊及後援的A(Alpha)隊、B(Bravo)隊仍持續前進。

薩吉塔里烏斯也像是在拚命追趕似的逐步往前進。

「敵方的動向怎麼樣？」

「五架特拉哥斯仍不斷後退。」

阿爾緹蜜斯突然有所領悟。

「五架特拉哥斯？」

漏掉最重要的對象了。

「特列斯……那架白色的機體到哪裡去了？」

「……不知去向。」

助理軍官淺笑著說：

「看來不過是個紈褲子弟，大概緊張地逃到後方去了吧。」

「少說蠢話！」

特列斯不可能是這樣的膽小鬼。

「這是陷阱！」

往前進的三十架奇美拉已經穿過先前的中線。

「全軍止步！全軍止步！」

就在這道命令下達的同時，發生了爆炸。

阿爾緹蜜斯一時無法領略到底發生了什麼事。

這場爆炸是由於前進的奇美拉踩到了地雷。

「地雷？」

「到底什麼時候裝的？」

碰到這樣的狀況，任誰都會焦慮吧。

（就是那時候！）

阿爾緹蜜斯想到了。

那五架高機動宇宙戰鬥機橫越雙方陣營時，還設下了反ＭＳ用地雷。

或許是空投型地雷或是宇宙水雷（不管是磁力感應型、音響感應型，都可以在月面使用）。

炸起的陣陣土塵擋住了視線。

（完全中計了。）

阿爾緹蜜斯恨恨地緊咬著脣。

但是——

「全體部隊向薩吉塔里烏斯集合！往右方30度展開陣式！敵方主力應該會往我方側面衝突！」

不愧是阿爾緹蜜斯，即便遇到此狀況，仍然冷靜地判斷下一步行動。

前方既然布有地雷，敵人不可能從正面進攻。

可是擴散的塵土加重了危險程度。

在無風的月面上，塵土不會立刻散去。

「做好隨時發射巨大光束砲的準備！」

要是敵方的格萊夫以飛行方式穿過地雷，從正面進攻的話，正好可以用光束砲一口氣殲滅。

「游擊隊保持內側的方陣！」

接著，她一字一句凝重地向薩吉塔里烏斯的艦橋機組員下令：

「仔細注意敵方的動向！一旦看到雷達偵測及熱源反應有所變化，就立刻報告！」

阿爾緹蜜斯接連下達了各項命令後問道：

「報告損傷。」

「有十架奇美拉無法再作戰。」

已經沒有時間再重新編組部隊。

只得將六十架奇美拉組成的六芒星，改以五十架組成五芒星陣形。

即使如此，戰力依然比敵方的勢力多了將近一倍。

「問題在於是會從右方來還是左方來。」

阿爾緹蜜斯說的是對方的主力格萊夫會進攻的方位。

照目前狀況判斷，對方不太可能會將二十五架分成兩組，以各十幾架的隊伍夾攻，這情形最多只會以反被個別擊破而作收。

「左方。」

阿爾緹蜜斯一開始如此猜測。

如同前次會戰證實的，陣式的左翼容易遭受攻擊。

「也有可能是右方。」

不想再被算計了。

這可能就是阿爾緹蜜斯的心聲。

對於前線的指揮官而言，面臨如此抉擇，要如何判斷正是難處。

就在這時候——

「前方出現數點熱源反應！」

阿爾緹蜜斯心中微感意外。

「發射光束砲！」

但仍然反射性地下達了命令。

薩吉塔里烏斯隨即發射巨大光束砲。

然而那只是五架特拉哥斯所射的中距離實體彈而已。

對於離命中還差得遠的敵方砲彈，居然用上了光束砲這個殺手鐧。

一剎那的猶豫，將可能導致重大的誤判。

以此情況而言，是當阿爾緹蜜斯尚在左右猶疑不定的時候，卻因為原本猜測最不可能的前方有了什麼變化而急躁地行動。

（搞砸了……）

正是深思熟慮又機敏的阿爾緹蜜斯才會下如此判斷。

這並不能稱作無能。

但是，失誤就是失誤。

（犯下了無可挽回的錯誤。）

心中雖然這麼想，但她仍又立刻回神。

這點就證明了她並非一般平庸的指揮官。

「加大熱源的偵測範圍！」

既然主砲已經發射，那敵人會立刻進攻就再明確也不過了。問題是，會從哪裡進攻呢？

是右方，還是左方？

如果敵方的ＭＳ站在地面上，那麼雷達將難以偵測到。

因為有高低不平的隕石坑干擾。

但還是可以善用熱源偵測功能。

日照面的月球，雖然溫度超過１００度，但幾乎是均溫。

與地球時的情況不同，駕駛艙空調形成的低熱源反應點跟核融合爐形成的能源高熱源點緊鄰的地方，就是ＭＳ的所在地。

當阿爾緹蜜斯看到正面螢幕呈現出的熱源偵測結果後，悚然心驚。

「這怎麼可能……」

偵測到的敵人就只有前線對側的二十架而已。極可能就是五架特拉哥斯及十五架奇美拉。

塵土已略微散去，視野變得寬廣。

「格萊夫在哪裡？」

以格萊夫的機動性能而言，的確是可以辦到大範圍迂迴行動。

但是不管擁有多麼優異的機動力，要從月面消失……或最起碼要從這個「暴風洋」消失是不可能的事。

「上方？」

上方為偵測範圍之外。

也就是宇宙。

格萊夫能以每秒2．4公里以上的速度從月面飛往宇宙。

這是在月球的最快速度。

但若如此做，將會受到地球的引力圈拉扯。即便是最新型的高機動MS格萊夫，也不太可能會有離開到宇宙空間，再回到地面的驚人動力。

「隕石坑的背後……」

有可能——

月面有堪稱無數的隕石坑。

隕石坑的外圍高達數十公尺，足以用高牆形容，這些當然也存在於「暴風洋」之中。

然而不可能偵測到每一個隕石坑。

那麼勝負的關鍵，自然就在於等待薩吉塔里烏斯主砲填充好能源的這段時間。

特列斯部隊會進攻的時間。

在這可說是轉瞬間，也像是永恆的數秒之間，會有二十五架格萊夫進攻。

阿爾緹蜜斯的第六感如此告訴她。

「來了！」

她的直覺沒錯。

但仍無法輕易下達指示。

「但會從哪裡來——」

「後方偵測到有機體高速接近！」

「——後方？」

阿爾緹蜜斯不自覺地回過頭。

這遠遠超出了她的猜想。

特列斯率領的特務部隊格萊夫隊繞了月球一圈，從正前方移動到正後方來襲。

〈陣形圖Ⅱ〉

過去歷史對於戰場的概念只有二次元的平面式思考。

雖然也是有三次元的立體式思考，像是藉由空軍戰術或是以潛水艇發展的水中戰術，但也只限於特定地區。過去從來沒有人在戰略或是戰術上，設想過月球本身是個球體，亦是個巨大的立體物。

「不會吧……」

這般大膽的行徑讓阿爾緹蜜斯啞口無言。

可是她終究不是尋常的指揮官。

就算被乘虛而入，也不會就此打住不動。

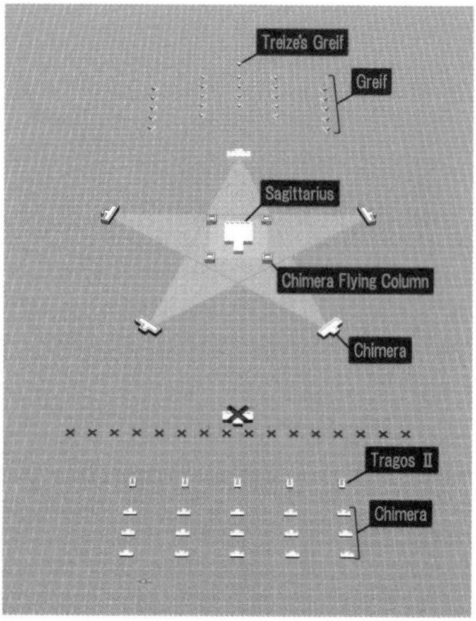

〈陣形圖 II 〉

「全軍往第06部隊集合！」

同一時間——

「巨大光束砲180度旋轉！」

阿爾緹蜜斯再下了一道命令。

但是能源尚未填充完畢。

「這個時間差將會決定勝敗……」

阿爾緹蜜斯心中湧出不好的預感。

（或許會輸。）

「全軍突擊！目標是敵方戰艦薩吉塔里烏斯！」

特列斯的號令傳了下去。

二十五架格萊夫開始集中向背朝己方的奇美拉第06部隊開砲。

就此戰場而言，戰力比為25：10。

一轉眼，第06部隊就遭受到毀滅性打擊。

「主砲砲台，展開角１２０度！」

「06部隊，多人中彈！」

「主砲填充能源進度，尚需１３０秒！」

阿爾緹蜜斯聽到機組員一道接著一道的報告，在心中嘆了口氣。

（還要再兩分鐘啊……）

她需要時間。

無論如何都需要。

「薩吉塔里烏斯離開戰線！主砲填充結束就準備發射！」

「移動時發射，將會降低準度！」

「不用瞄準！射出去就好了！」

以目前的混戰狀態來看，應該不管主砲往哪邊射都會命中，並且重創敵人才是。

阿爾緹蜜斯心想，反擊的手段就只有以此為突破口，再回到戰線捲土重來的反攻行動了。

「在這之前要好好撐住啊，奇美拉小朋友。」

在阿爾緹蜜斯的命令下，第04、05部隊的二十架奇美拉總算趕到了薩吉塔里烏斯的後方，但與特務部隊的戰力比仍為25：20。

而且受到格萊夫的中距離砲攻擊，幾乎每一架在到達前都蒙受損傷。

幾秒鐘後，由王牌為主體的游擊隊：C（Charlie）隊及D（Delta）隊即到達了現場。

二十五架格萊夫雖然幾乎都未蒙受損傷，卻也沒辦法輕易地擊墜由王牌駕駛員組成的奇美拉部隊。

在勇猛的奇美拉頑強地反擊下，格萊夫反被逼得節節後退。

但是傑克斯隊及索拉克隊及時向前補位，以支應此狀況。

這兩隊的格萊夫都裝備了肉搏戰用的光劍。

格萊夫雖然兼具了足以應付肉搏戰及速度戰的特性，但欠缺打倒對手的決定性能力。

相對的，奇美拉則是擁有防禦力佳的裝甲及具破壞力的火力，不過命中率差，也難以應付肉搏戰。

傑克斯認為，這也許就是勝負的關鍵吧。

他丟下已經沒有子彈的實體彈式步槍，雙手緊握光劍，以雙手高舉的架勢一鼓作氣衝了過去。

「不用在意背後！往前進攻就對了！」

「收到！」

索拉克看到這樣，跟著興奮了起來。

「真敢啊，傑克斯！我們也上吧！」

「喔！」

一聽到部下語氣堅定的回應，自己就（不管槍上還有子彈）也丟下中距離砲，兩手拿起光劍，以二刀流架勢進攻。

就格萊夫與奇美拉雙方的性能而言，「以一換一」就算是絕佳的成果了。

但是現場想必沒有人想到會演變成這樣的消耗戰。

情況相當緊迫。

雙方都拚盡全力作戰。

「繼續推進！推進！」

「別後退！要視死如歸！」

由於傑克斯等人員的肉搏戰奏效，C(Charlie)隊、D(Delta)隊被逼得開始向後退。

於是一下子打通了接近薩吉塔里烏斯的空間。

「我來了！」

特列斯機以高速及時趕到。

「特列斯教官！」

守在特列斯機兩側的，是四架抱著必死決心的艾爾維隊成員。

艾爾維機一直當作特列斯機的肉盾，防範薩吉塔里烏斯的砲擊。

其他三架也一樣跟著擺出防守陣勢。

「守好！一定要守好特列斯教官！」

艾爾維隊這般拚勁，或許正是對特列斯忠心的表現。

不過，特務部隊原本是不應該以如此態度行動的。

自己設想該如何行動！

要為後進的士兵著想！

艾爾維隊是憑著自身感覺到了。

他們感覺到特列斯下一步想要做什麼。

因此他們認為這樣的防禦及支援正是自身最重要的使命。

「撐得住才是特務部隊！」

「主砲填充完畢！」

機組員大聲地報告。

「主砲，準備發射！」

「……如果還可以再撐個10秒鐘……」

阿爾緹蜜斯如此自言自言。

面對近在眼前的巨大光束砲，特列斯的格萊夫立刻拿起中距離砲，毫不遲疑地開槍射擊。

這一擊正中了就要發射的巨大光束砲。

「特列斯．克修里納達報告，已確實擊破敵方的主砲。」

來自士兵的歡呼聲立刻傳來。

特列斯面露安慰地說：

「幸虧我有這些好學生。」

這決定性的一擊，打得薩吉塔里烏斯停了下來。

因為光束砲的爆炸牽動了填充在內的能源，使得主引擎就此停止運轉。

薩吉塔里烏斯若要重新振作，以備用發動機後退，還要花上十幾分鐘的時間。

艦橋內正因為停電而漆黑，現場一片混亂。

不過阿爾緹蜜斯這時嘴角卻露出了一抹微笑。

「呵……我也真是的，居然一下子當真了……」

那就像是回到她原本面貌般的靦腆笑容。

特列斯機與艾爾維隊立刻與薩吉塔里烏斯保持距離。

因為過度受到敵方攻擊，必須先讓裝甲冷卻下來。

接著就換成露克蕾琪亞隊及伊滋米隊上去進攻薩吉塔里烏斯，逐一破壞主要的砲台。

「地球的光輝正守護著我們。」

「露克蕾琪亞，這場仗是我們贏了。」

「嗯，不過還是不可以大意，伊滋米。」

不消片刻，戰況就演變成敵我雙方混戰的情形。

就在這時候，游擊隊的A(Alpha)隊及B(Bravo)隊趕到已經呈現一片混亂的戰場。

緊接著，第02、03隊的奇美拉部隊也跟著來到。

雙方陣營的所有戰力就此全數到齊。

這使得混戰狀況更加地劇烈。

當A（Alpha）隊及B（Bravo）隊想要攻擊特列斯機和艾爾維隊時，傑克斯隊和索拉克隊就會過去阻擋。

而第02、03部隊要攻擊露克蕾琪亞隊和伊滋米隊時，特列斯機和艾爾維隊則會轉去支援，保持距離砲擊。

若是第04、05隊的殘存機體前來支援，這時傑克斯隊和索拉克隊就會將槍砲的射擊方向轉來攻擊他們；在這樣的情況時，傑克斯機和索拉克機這兩架會獨自應付A（Alpha）隊及B（Bravo）隊，他們兩人巧妙的光劍刀法在艱鉅的肉搏戰中發揮了無比威力。

柔軟的防守陣式及波狀展開的攻勢。

特務部隊同時做到了這二者。

正確說來，或許該說是同時在交替攻守。

他們的應對就是如此迅速。

在這樣的情況下，就算戰力幾乎相同，以圓滑體制運作的特務部隊機體格萊夫就會占有優勢。

反聯合國軍的奇美拉部隊就組織來看，有著擅長迫擊戰的游擊隊跟專精中距離的機動部隊這兩種特性，但此特性均被逐步封鎖，形成難以發揮實力的局面。

雖然沒有遭受到決定性打擊，但也未能給對方致命一擊，於是奇美拉部隊的行動便自然而然地慢慢露出疲態及敗象。

另一方面，薩吉塔里烏斯總算接上備用電源，發動了副引擎的馬達，重新開始後退。

集中力總是會有渙散的瞬間。

趁這個時候快速進攻是戰場的常理。

想當然，如此反應的一方就是特列斯的部隊。

二十五架格萊夫造成的無形壓力，迫使殘存的三十架奇美拉步步後退。

因為進一步後退而使得薩吉塔里烏斯退到地雷區時，促成了反聯合國軍的敗北。

地雷炸開產生了大爆炸，使得薩吉塔里烏斯進退不得。

先前在正面為敵的聯合國宇宙軍五架特拉哥斯及十五架奇美拉正蓄勢待發，並與背後的二十五架格萊夫形成夾擊情勢。

「漂亮……徹底輸了。」

阿爾緹蜜斯在一句自嘲後，便接受了特列斯・克修里納達提出的勸降通告。

戰事就此結束。

就反聯合國軍而言，就算不跟上一次的會戰相比，但為什麼這次會輸得如此淒慘呢？

第一點就是身為指揮官的阿爾緹蜜斯的心理狀態。

她因為過於重視特列斯而徒增了不安的因素，甚至還在雙方會戰前更動了領導部隊的隊長配置，而且又在開戰前刻撤回；這種實驗性質的作為打壞了士兵的鬥志，並招致原先成立的陣形機能麻痺的結果。

而這也成了影響內心的要因，促使她重複犯下在戰事初期就用掉原本具有左右戰局能力的巨大光束砲，這種和密里昂·里德爾哈特將軍同樣的愚行。

第二點或許就是奇美拉與格萊夫的機體性能差距。

新型奇美拉（里歐Ⅲ型）具有就月面戰鬥而言，算是綽綽有餘的速度及攻擊力。這點跟前一次會戰的宇宙戰鬥用里歐Ⅱ型（舊型奇美拉）性能相比，應該也是一樣的，但是其中的駕駛者似乎太過依賴機體的性能了。

最後導致他們抱持了在月面上的戰鬥，老經驗的人就是會贏得勝利——這般近乎迷信的想法。

因為過於自信，而露出了讓特列斯的部隊乘虛而入的破綻。

格萊夫的砲彈在中距離時雖然欠缺決定性的威力，但命中率超乎尋常地高。相對的，因為奇美拉未能充分發揮機動力及破壞力，讓格萊夫的機體損傷狀況幾乎可說是近乎零，而並未陷入戰鬥能力降低的窘境。

第三點則是特列斯繞了月球一圈的奇計，但這點也可以略過不提。

光是前面提到的那兩項心理因素，或許就足以使得特列斯部隊贏得勝利了。

不過，對於這些ＯＺ特務部隊的新兵而言，這計謀肯定是帶給他們無比安心的原因。當然，士兵本身也深深敬愛著這位能帶領他們打勝仗的指揮官。

特列斯・克修里納達這樣一個年輕人之所以在ＯＺ成為具有絕對領導力的人，這場會戰就是關鍵——這樣說或許一點也不為過。

特列斯一行人在將戰後處置交給聯合國宇宙軍後，便凱旋回到了Ｌ－１殖民地群的太空機場。

出來迎接的人是凡恩。

他前往宇宙的第二個真正理由，就是想要比任何人都早看到這個令他與有榮焉的哥哥。

「贏得真是漂亮呢。」

特列斯不改軍人的表情，溫和地說：

「我們並沒有贏啊，凡恩・克修里納達。」

「是沒錯……」

既然馬里烏斯工廠遭到破壞，這場戰事就算輸了——這樣說的人正是自己。

這次出動，終究只是「為後進的士兵著想」，沒有其他目的。

「雖然如此，能夠平安回來，我就覺得很高興了。」

「並不是沒有損傷……很遺憾，我們失去了寶貴的性命。」

「我怎麼聽說我們ＯＺ的士兵並沒有人死傷。」

凡恩心中有想到或許是指密里昂．里德爾哈特將軍，但他之前就得知密里昂在獲得釋放之後，整個人喪失信心，準備就此退伍度過餘生。

特列斯伸手按住閉著的眼睛說：

「我是說敵人。」

「可是那是……」

「我讓心愛的學生雙手染上鮮血……一想到他們的感受……」

——做了難以挽回的事……特列斯如此感嘆。

特列斯跟凡恩獨處後，就回到了原本兄長的表情。

「你去過母親那邊了嗎？」

「嗯……我想等一下也會再過去。」

「是嗎，那我跟你一起去吧。」

「哥哥，母親她……」

凡恩想跟哥哥說母親的病情惡化得相當嚴重。

但是特列斯卻先開口問道：

「芬戴特呢？」

「怎麼可能會去。那種人，最好趕快去死。」

「他好歹是你的父親呀，還看得到的時候不看的話，到時候會後悔的。」

凡恩想到特列斯從未看過自己真正的父親艾因・唯，停止不再怨懟下去。

「我會去他那邊的……」

「既然哥哥這麼說的話。」

前往醫療設施探望芬戴特的兩人，受到滿面笑容的歡迎。

「我已經聽到你們的表現了！真是與有榮焉啊！這是克修里納達家最高的榮譽，迪爾麥優公爵也是十分開心呢！」

芬戴特既健朗又精氣十足。

跟醫院完全搭不上邊。

凡恩只有這種感受。

「能有父親這樣的稱讚，特列斯感到無比榮幸。」

這看起來像是特列斯的真心話。

不過，凡恩心中卻很不高興。

「我們只是為了地球圈在做分內的事而已。這跟克修里納達家或羅姆斐拉財團沒有關係。」

「當然了，我說的也有那個意思。」

「那麼，我們就告辭了。」

「再待一陣子吧，都這麼久沒見面了。」

「不，我們還有工作。」

兩人才待一會兒就立刻離去。

在前往安潔莉娜病房的路上，特列斯向凡恩說：

「別太勉強自己，凡恩。」

「沒有這回事。」

「不用在意我。」

「我並沒有在意。」

凡恩一反平日的好心情。

——看到那個人精神奕奕，我就更對母親感到抱歉……

雖然心中這麼想，凡恩並沒有說出口。

他換了其他話題。

「哥哥，我們得到殖民地的科學家正利用鋼彈尼姆合金開發MS的情報。」

「喔？」

「他們打算抵抗下去。」

「沒辦法，因為就是我們地球方的人把他們逼到了這個地步。」

「我們已經派出幹員調查，只要能夠取得設計圖，就有無可動搖的證據去追究他們。」

「在這之前，最好早點改善月面工廠的勞動環境。」

「這點已經著手在進行了。我們在L-2殖民地為勞工準備了專用的居住設備，以一天兩次的區間車來回工廠……當然，我們也導入了隔日換班制。」

「做得好。」

「相對的，就要更花成本在維持月面工廠上，所以必須再向各國榨出軍事費用才行。」

「凡恩·克修里納達，對聯合國來說，必須維持軍隊來對抗的『敵人』究竟是誰？」

「剛才說過了，那些殖民地中，企圖製造鋼彈尼姆合金製MS的傢伙們。」

「…………」

特列斯沉默不語。

為什麼凡恩會如此執意於擴充軍備呢？

特列斯心中自然有底。

「哥哥，我們非得強盛不可。必須變強，不斷戰勝目標才行。」

不這麼做的話，就會重複希洛·唯及山克王國的悲劇。

絕不可以再出現像母親那樣可憐的人了。

必須讓宇宙與地球團結一致。

因此就要有充分的軍事力。

要想擁有長久的和平，沒有其他手段。

在凡恩的內心，一直都有著如此的矛盾心理。

這或許是他雖然身為羅姆斐拉財團的幹部，卻也有著代表了宇宙方想法的母親所致。

一方面開發新兵器，從中收取財富，一方面又不求回報地協助解決發生在殖民地內的病毒；想要幫助弱勢的勞工，卻也狡猾地伸手向各國索取軍事預算。

當兩人一走進安潔莉娜的病房，凡恩立刻放聲大喊：

「你在幹什麼？」

那是醫院裡再尋常也不過的景象。

只是個年輕的男性護士在擦拭赤裸著上半身，袒露胸口的安潔莉娜的身體。

然而這對十三歲的凡恩而言是難以接受的。

「慢著！」

特列斯正想要阻止，但凡恩已經握緊拳頭，動手毆打這名男護士了。

「你……你幹什麼？」

「你才是在對我母親做什麼！」

「凡恩，你冷靜點！」

特列斯的聲音也大了起來。

「不好意思，我等一下會好好教訓家弟的。」

特列斯深深地向年輕護士鞠了個躬。

「非常抱歉。」

並誠懇而有禮貌地向對方道歉。

在護士離開後，凡恩立刻向特列斯表達不滿：

「哥哥根本不用低頭道歉！那小子可是一臉淫笑地在擦拭母親的身體呀！」

這或許是要人放輕鬆而展露的微笑。

「就算這樣，應該也不用訴諸暴力。」

「可是！」

豆大的淚珠落到了地板上。

這是平常溫厚不露感情的凡恩第一次如此憤怒，卻也是最後一次。

「他竟敢用那種眼光看著母親……」

凡恩顫抖得再也說不下去。

想必十分懊惱吧。

並且也看得出他是多麼深愛著自己的母親。

對凡恩來說，就連身為安潔莉娜丈夫的芬戴特，也不容許對美麗的她抱有性欲。

「那位護士很用心照顧我呢。」

眼神空洞的安潔莉娜開口說話。

「母親……」

凡恩眼中噙著淚水，抬起頭來。

安潔莉娜動手穿衣遮起胸口，神情毅然地說：

「你總算來了，特列斯。」

和先前不同，她的語氣清楚而肅然。

「是的，母親。」

「去拿下地球跟宇宙吧。你擁有的血脈，就是有機會讓你做到這件事。」

「…………」

特列斯沒有說話，也沒有想要答話。

看到母親就像是回到從前那般，凡恩心中肯定很高興。

「當然了，母親！特列斯哥哥正是要在這個時代終結戰爭的英雄。」

但是安潔莉娜只是看著特列斯，彷彿沒有聽到凡恩的聲音一樣。

「你要繼承希洛．唯與艾因的意志。」

特列斯顧慮到心愛的弟弟而開口說：

「母親，請您再多關心一下凡恩吧……他比任何人都還要愛您。」

「……凡恩？」

安潔莉娜眼中的光輝立刻褪去，又回到那空洞的眼神。

這時凡恩的心情究竟如何呢？

他深愛母親的程度肯定更勝特列斯。

而且自他懂事時，就處在根本不容許他撒嬌的狀況。

明明知道不會得到疼愛，卻仍然深愛著母親。

他也只能繼續這麼愛下去。

雖然只是猜測，想必他十分痛苦吧。

或許就是這般受盡曲折的愛意，使他超乎尋常地強迫自己成長，並固執於權力，專心致志地打算讓兄長特列斯完成母親的願望（即便那只是瘋話）。

凡恩隨後指示醫療設施的負責人，今後只能是女性人員來照顧母親。

因此打聽之後，才知道原本便是由女性人員在負責。只是現下因為月面戰爭的影響，傷患的治療工作增加，人手因此不足。

「我不想聽藉口。我的母親就是受到如此痛苦的屈辱。」

負責人在心中嘀咕著──

（別鬧了，你這個小鬼……）

握有重權的十三歲孩童，很容易樹立敵人。

「啊，然後這是要給被我打的那個人的賠償金。應該可以讓他玩個十年吧。」

凡恩拿出一支信用金鑰。

「相對的，請你讓他辭職。」

「這太亂來了。」

「覺得不滿的話，那麼你也收下賠償金吧。」

他露出憤怒至極的眼神注視對方。

「啊，這樣的話是退休金吧……你就收下如何？」

負責人心不甘情不願地屈服了。

對凡恩而言，這或許是他對母親的愛意、對哥哥的憧憬與嫉妒、對父親的厭惡、對財團及聯合國軍的憎恨、對殖民地的輕視等諸多情感，交錯複雜混合而成所衍生，孩子似的「小小報復」也說不定。

但這將付出不小的代價——

有兩個祕密幹員正待在L-1殖民地群的太空機場辦事情。

這兩個人各來自不同的組織，並執行著完全不同的任務。

一個是受到殖民地方面的巴頓財團顧用的亞汀·羅。

另一個則是羅姆斐拉財團的凡恩委託的OZ女性成員：葵·克拉克。

亞汀的任務是拯救並放出成為俘虜的阿爾緹蜜斯及其下的反聯合國軍士兵。

葵接到的命令則是要潛進地下組織，取得鋼彈尼姆合金製MS「鋼彈」的設計圖。

此外，還有一名跟這兩人完全不同方向行動的人。

那就是成功開發出量產型里歐的技師長：塞斯．克拉克。

他還帶著後來以「希洛．唯」為代號的六歲義子。

兩人默默地走在太空機場內，長長的圓頂型通道上。

身旁不見人影，沒有半個人。

「克拉克叔叔，我們要去哪裡？」

塞斯深深嘆了一口氣，停住腳步。

「還不肯叫我爸爸啊……」

「我叫不出來。」

「為什麼？」

「因為你是媽媽的東西，不是我的……」

「就算不是親生，把父親當作東西來看不太好吧。」

「可是，克拉克叔叔已經有好東西了……」

幼稚的臉龐顯現出不滿的表情。

「只有我，什麼都沒有。」

「我……有好東西……？」

「嗯……」

「你說我有什麼……？」

「里歐。」

塞斯一陣哽咽，身子一軟跪了下去，當場泣不成聲。

「你這句話，簡直是給我最大的救贖……」

他緊緊地抱住義子。

「謝謝你……你真的是個很溫柔的孩子……謝謝你。」

不住流下的淚水，濡溼了孩子的肩膀。

而年幼的孩子，並不明白塞斯流下眼淚的意義——

我猛然抬起頭來。

張老師正打著鍵盤，將某段影片投射到中間的大型全像投影幕上。

我脫下虛擬眼鏡仔細一看，原來是火星的地形圖。

「——這就是目前的狀況。」

希洛．唯不發一語地聽著。

似乎不知從什麼時候開始在說明「神話作戰」了。

「但問題是——」

張老師按下按鍵，轉到另一個畫面。

「你殺得了這名女子嗎？」

大型全像投影幕上顯現出數張年輕女子頭像的照片。

有的在微笑。

有的在瞪著人。

有的跟許多動物玩耍。

有的表情嚴肅。

有的姿態優雅。

但是，沒有一張是面露悲傷。

「這是——」

希洛仍一如往常地以冷淡的語氣問：

「德利安還是匹斯克拉福特？」

迪歐感到不耐煩，甩著他那長長的辮子喊道：

「當然是匹斯克拉福特了！是莉莉娜．匹斯克拉福特啊！」

沒錯……

在全像投影幕上滿滿顯現的年輕女子頭像，就是我們預防者的目標，也是最大的敵人：莉莉娜．匹斯克拉福特。

希洛．唯向站在身旁的麥斯威爾神父問道：

「是任務嗎？」

神父一反平常的態度，用自言自語般沉靜的語氣認真回答：

「……是任務。」

這時候的神父，表現出像是難過得無法啟齒的感覺。

希洛聽到神父的回答後，只是吐了一口像是嘆氣般的氣息，冷冷地說：

「了解。」

接著他便重新轉向我的上司，語調緩慢地說出他的決定。

「我會殺了莉莉娜．匹斯克拉福特。」

特列斯檔案4

對希洛．唯而言，這一句「任務了解」的使用頻率究竟有多麼高呢？

這一句到底有多麼悲痛、沉重，老實說我並不能理解。

不隸屬於一般所謂的「組織」，並非因為命令，而是以自己的意志不斷地戰鬥——這是他們這些鋼彈駕駛員給人的形象。

然而他們卻愛用「任務」及「行動」之類的字句。

應該沒有一個人能夠秉持著理性去殺人。如果不是接受自己精神中的瘋狂一面，或是因為上層無可違逆的命令；又或者由於對象是會危害到大多數人的「惡人」之類，「可轉嫁犯罪意識的因素」，相信不可能實行。

關於這一點，就算不強以宗教、人道主義、超人式的正義理論來舉例，就用平常心理來看待也能夠理解。

這跟「逃避罪過」的概念相當不同。

真要給個說法的話，會比較接近「贖罪」。

既然知道自己內心有多麼脆弱，那麼為了超越內心的脆弱，不正必須要有「確切的覺悟」嗎？

當下的希洛．唯有多麼理性，不管是誰，就算不在現場也應該都看得出來。

過去他說過「再也不殺任何人」，而既然他給自己下達「殺死莉莉娜．匹斯克拉福特」的「任務」，那麼他的行動就完全不矛盾。

不，或許可以說這相互矛盾的行動，反而確實地顯露出他為人的深思熟慮，以及內心的悲痛和苦楚。

他就是扼殺自己的內心到如此地步。

而最後強迫他這麼做的人，肯定就是我們本身。

我也必須有所覺悟。

這份特列斯．克修里納達的檔案就要看到最後了。得以像這樣從各種角度體驗、理解這名人物，我想自己真的是相當幸運。

我必須感謝帶來檔案的麥斯威爾神父。

他讓我發覺到，不管是特列斯·克修里納達，還是身邊這位希洛·唯，他們的行動根本都是基於極為相近的出發點。

若是從更高的位置俯瞰全局，那不只是這兩個人，那些在動盪的AC時代活躍的傳說勇者，幾乎都是從這時開始投身到那變化無常的命運中；這樣的說法可說並不為過。

就是那顆瘋狂而純潔無瑕的心，帶領著他們前往戰場——

AC-186 AUTUMN

L-1殖民地群內，有一間歸聯合國宇宙軍管轄的治安維持局的俘虜收容所。

十五年前，因為違法入侵及叛亂行為的罪名遭到拘禁的艾因·唯，就是關在這個地方。

現在阿爾緹蜜斯．瑟帝奇及屬下十幾名反聯合國軍的士兵則以同樣的罪名被收監在此。

已成為自由之身，目前接到巴頓財團委託「救出阿爾緹蜜斯」的亞汀．羅，在這個時候幾乎達成了任務。

他的手法之巧妙，簡直到了出神入化的境界。

化裝成守衛潛入收容所的亞汀，在妥善地將炸彈安裝到各個地方之後，切斷了主電源。

停電這件事，特別是在宇宙，是直接等於「死亡」。

先前在月面時的薩吉塔里烏斯就曾經陷入相同的困境。事情到了收容所的內部，自然也引起了混亂。

隨後又像是追擊這場混亂一般，各處發生了爆炸。

幾乎所有人都以為是反聯合國方的大規模攻擊。

實際上只是亞汀一個人所為，眾人猜想的大批軍隊從未出現在任何地方。

稍早之前是有一架太空船從太空機場飛來附近，但塔台人員判斷那應該只是經

過的民航機而已。

停電的情況馬上就因為接上了備用電源而恢復，這時的周邊宙域連一架機影都沒有看到。

照理來說，應該要查核那艘民間的太空船才對……

然而因為塔台人員已經放心，認為不會有敵人而放過了那艘太空船。

其實那正是亞汀用來逃走的太空船。

操縱太空船的人是在反聯合國的反抗組織中，稱自己叫作殖民地革命鬥士的坎斯。

太空船就停在收容所的底邊，未被偵測雷達發現。

在各處發生爆炸的同時，阿爾緹蜜斯等數名俘虜就已經坐上了這艘太空船。

問題在於離開收容所的時機。

亞汀最後在收容所的頂部事先設置了大型炸彈。

引爆這枚炸彈時，就再次引起停電情況。

「就是現在，坎斯！」

亞汀高聲指示。

「收到……」

民間太空船就此離開了收容所。

亞汀則留在收容所內，等到事情平靜之後才悠哉地離開。

同一時間——

傑克斯．馬吉斯預備生與艾爾維．奧涅格所操縱的大型運輸機飛離了太空機場。

理由是要將二十五架里歐Ⅳ型「格萊夫」分配到即將完成的移動型宇宙要塞「巴爾吉」中。

但是特列斯的基本教育方針是——

「不能保護自己機體的人，就沒有資格駕駛，以及要求機體保障自己」。

所以個人機體的整備、盤點、保全、運輸等工作，全都要自己執行。

而這次卻不一樣，只由這兩人負責此項任務。

因為傑克斯與艾爾維積極地自願執行。

若配備給至要塞，格萊夫的軍籍就會變成聯合國宇宙軍，而特務部隊的預備生則應該會接收其他的新機體。

這兩人對格萊夫抱有很深的情意。

所以他們懷著不捨這最後一刻的心情，向特列斯提出了請求。

面對無聊的宇宙航行過程，兩人只好聊聊最近那場激烈的戰事來消磨時間。

「那時候真的很危險。」

艾爾維在「暴風洋會戰」時，一直拚死護衛著隻身突擊戰場的特列斯。

「要是特列斯教官中彈的話，我們恐怕就沒有這個機會了。」

在維多利亞湖基地時，傑克斯與艾爾維兩人也未曾獨處過。

雖然雙方都有注意到彼此，但頂多只是看到時打個招呼而已。

在孤立的宇宙空間中，沒有其他人，就只有兩個人單獨交談，他們還是頭一次遇上這種經驗。或許就某種意義而言，也算是命運。

不，事實上是刻意如此也說不定。

「我當時心中想的是，要是你沒有守護好特列斯教官，我就殺了你。」

傑克斯冷冷地表示。

「我也是啊，傑克斯。因為你是可恨的仇敵。」

「你是什麼時候發現的？」

「摩加迪休攻略戰的時候。」

「特列斯教官也發現了我真正的身分。」

「你這個人太不會隱瞞了。」

艾爾維看著傑克斯的眼睛繼續說：

「你那藍色的眼睛是山克王國王室的特徵……而那勇猛果敢的戰法，也表明了你肯定有著匹斯克拉福特的血統。」

傑克斯露出自虐般的笑容。

「應該是遺傳自祖母吧……聽說她以前有閃電女王的稱號。」

「我老爸是打從心底憎恨山克王國，已經聽到讓人覺得煩的地步了呢。」

「戴高・奧涅格准將嗎……你已經跟你父親報告了？」

「怎麼可能……我才不會做出賣戰友的事。」

艾爾維依然用那銳利的眼光盯著傑克斯。

「而且，在互為仇敵之前，我們都是特列斯教官的學生……」

「但是我還沒有拋下復仇之心。」

「隨便你吧。我老爸做的是不可原諒的事。話說回來，我也沒有向你致歉的意思就是了。」

「冤冤相報啊……」

這兩個過於年輕的預備生，幾乎同時深深地嘆了口氣。

「會有結束的一天到來嗎？」

「我害怕的是，當你為終結一切而冠上匹斯克拉福特之名的時候……」

「什麼意思？」

「匹斯克拉福特，也就是創造和平的家族……為了消弭戰爭，應該能夠不擇手段吧？」

「比如說？」

「像是為了斷絕世仇而讓時代停止發展之類的……」

「哼……這一天大概不會到來。」

宇宙要塞巴爾吉，仍然還在遙不可及的遠方。

最早設計宇宙要塞巴爾吉的人，是負責製造各項OZ用兵器的塞斯．克拉克技師長。

然而，AC175年，MS的開發方向從托爾吉斯轉為量產型里歐，而其總指揮的工作落到塞斯的頭上。因此雖然百般不願，也只得將工作中途交接給繼任者。

而塞斯另一個不甘願的事，就是配備來當作巴爾吉主力MS的，是完全無視自己設計思想的機體。

塞斯在太空機場的飯店一室，正當著妻子葵及她的兒子面前大發脾氣。

「月面會戰的功勞又怎麼樣？」

不論是葵或是年幼的兒子也好，一旦顧及塞斯的立場，也就想不出什麼足以安慰的話來了。

「不管里歐還是巴爾吉，都是我做的啊！」

「格萊夫不也等於像是你做的……」

「不一樣！完全不一樣！我不可能會做出那種浪費錢的東西！我不承認！絕對不承認！」

「可是……」

「囉嗦！閉嘴！」

不管說什麼，都只會更增添塞斯的怒氣。而他自己脫口而出的話則又讓自己受傷更深。

「克拉克叔叔……」

這名年幼的孩子，手上握的是里歐的玩具。

塞斯一看到那玩具，立刻怒火中燒。

「唔！」

他從對方小小的手中搶下玩具後，用力砸向牆壁。

「不要把這種東西給小孩子玩！是在嘲笑我嗎？」

「你不要對這種玩具認真嘛。」

「我做的不是玩具！」

孩子縮起嬌小的身子，去撿地上那些碎開來的碎片。

或許破碎的不只是玩具。

「…………」

「哼，什麼克拉克叔叔！你就這麼不想把我當作爸爸嗎？」

「…………」

孩子什麼都沒說。

只是全心全意地在撿碎片。

「算了！兩個人都給我出去！」

「老公！」

「你們就去他親生父親那邊就好啦！應該還活著吧？」

「請你收斂一下，在孩子的面前啊。」

「真是抱歉，不過，這小子不是『我的孩子』！」

不顧一切罵完這句之後，塞斯就走往隔壁房間。

小孩並沒有哭泣。

「壞掉了嗎？」

「嗯，沒關係……」

「我再買給你吧。」

「不用了……」

碎片全都收齊了。

（只有這隻才是我的。）

他沒有把這句內心話說出來，反而問及母親的心情。

「媽媽，你愛那個人嗎？」

葵把耳朵貼在塞斯走進去並關起的房間門上說：

「當然啦，跟喜歡你一樣喔。」

葵這麼說當然是言行不一。就算小孩的年紀還小，對於這一點也到了再清楚不過的程度。

「…………」

後來，這個可憐的孩子還讓一個陌生的少女這樣問過：

「哥哥，你迷路了嗎？」

被人問了好幾次是否迷路了之後，他只好開口回答：

「我……」

從來就沒有人愛過他，這樣的感覺讓他僅以短短一句話描述了自己的遭遇。

「打從出生起，我一直是迷途之子……」

塞斯正打開長距離通訊回路，與L-3殖民地群的巴頓財團對話。

這是目前地球圈人類可即時通話的極限距離。

「麻煩請德基姆先生來一下。」

他找的是巴頓財團的代表。

出現在螢幕上的財經人士，臉上一副皮笑肉不笑的笑容。

「原來是塞斯技師長，這次行動可真是託您的福，成功了呢。」

「那太好了。」

語氣平淡的塞斯繼續說：

「那麼，也該請你們幫忙一下我的事了吧？」

「有什麼事還請儘管說。」

「我在那架太空船上有動了一點手腳。」

「我們有收到坎斯的報告。」

「ＯＺ的大型運輸機正開往巴爾吉。」

「是的。」

「請幫我打下它！」

坎斯接到來自德基姆・巴頓如下的指示——

「在格萊夫送到巴爾吉之前，搶下來」。

協助者塞斯的願望變了個樣。

船。

傑克斯與艾爾維駕駛的大型運輸機後方，出現一架以高速接近的民間用太空

「傑克斯，是求救訊號。」

「引擎故障嗎？」

「不，似乎是遭到了劫機。」

螢幕上出現滿臉笑容的阿爾緹蜜斯。

「我是阿爾緹蜜斯・瑟帝奇。」

兩人一看到她，頓時一陣毛骨悚然。

「還好嗎，各位小朋友？」

她一邊微笑，一邊優雅地以手槍抵著坎斯的後腦杓說：

「你們應該明白我們的要求了吧？你們能夠見死不救這位可憐的機長嗎？」

「這怎麼……」

這情境說穿了只是反抗組織再常見不過的戲碼罷了。但是懷著俠士道德心的傑

克斯與艾爾維卻無法就這麼放著不管。

而阿爾緹蜜斯也猜想他們並不會衝動行事。

當這兩人發現被騙，已經是民間用太空船充分貼近大型運輸機，而里歐Ⅲ型「奇美拉」架起火箭砲從下方機庫出現的時候。

這就是塞斯．克拉克動的手腳。

當時一般的運輸機並未安裝自爆裝置，這點就ＭＳ而言也是一樣的。

「哼……冤冤相報啊。」

傑克斯如此自嘲。

艾爾維則是泰然自若地說：

「人活著就是會受到憎恨……」

「要稍微抵抗一下嗎？」

「算了吧。你還懷有大志吧……我可不許你死得不明不白。」

「可是……」

艾爾維露出一切交給我的笑容，壓下了傑克斯內心的衝動——

裝載了二十五架格萊夫的運輸機，突然和傑克斯・馬吉斯、艾爾維・奧涅格這兩名預備生一起失去蹤跡。

他們始終未到達宇宙要塞巴爾吉。

在聯合國軍的正式紀錄中，這兩人在這時是記錄為死亡。

就最後的結果而言——

損失了兩名預備生和所有最新型ＭＳ。

阿爾緹蜜斯及其下隸屬於殖民地反聯合國軍的主要成員均逃逸無蹤。

還有就是月面的馬里烏斯工廠毀滅。

基於以上三點，「第一次月面戰爭——風暴洋會戰」中，地球圈統一聯合國軍可說是一敗塗地。

證據就是凡恩・克修里納達認為這件事對於前途光明的特列斯生涯功績來說是件恥辱，而未在ＯＺ的戰史中留下紀錄。

事實上直到兩年後的ＡＣ１８８年，特列斯旗下部隊的動向均未曾留下記載。

歷史上的所有宇宙戰事，都成了聯合國宇宙軍的功績。

塞普提姆少校則是在這件事情上積極地協助竄改紀錄，並因此在一個月後晉升中校，隔年為上校，再隔年得到准將的地位。

這段升遷過程堪稱異常，但也只不過是趁著密里昂．里德爾哈特將軍所建構的體制土崩瓦解之後，將其大部分功勞竊為己有罷了。

也有人稱塞普提姆為「無用之輩」，但他在改寫歷史方面可說是個天才。

他在這個時候就憑著那優秀的能力完成了工作。

關於這點，凡恩當然有詢問過特列斯的意見。

「馬里烏斯工廠的敗戰處置，可以交由聯合國宇宙軍去處理嗎？畢竟他們也懷有那麼點自尊心……」

「我沒有意見，凡恩．克修里納達。倒是卡塔羅尼亞元帥下達許可了嗎？」

「哥哥是指那兩個失蹤的人嗎？」

「是傑克斯預備生和艾爾維預備生。」

「這也不用哥哥親自上場指揮吧？」

「不行。這兩人都是我的學生，我就算賭上性命也非得找出來不可——」

「——既然哥哥這麼說，我會把話傳給奇利亞叔叔。」

凡恩滿心不願地答應後，苦口婆心地懇求特列斯：

「請哥哥一定要在巴爾吉建成紀念典禮前回來。並且，作弟弟的衷心拜託，千萬不要太過勉強自己……要是哥哥有個萬一，母親一定會很傷心的。」

「我知道，凡恩……」

隔天，特列斯就率領由菁英預備生組成的特務搜查隊，動身尋找傑克斯和艾爾維的下落——

AC-186 October 26

當初地球圈統一聯合國在AC133年成立時，目的是為了防止地球各國發生紛爭。

然而由於整體是由北半球——主要是歐美各國掌握主導權，其外的亞洲、中東、南美以及非洲各國皆齊聲拒絕。

結果紛爭反而變得更加劇烈。滿心希望和平的民眾為了遠離這番鬥爭，遷移到宇宙殖民地居住。

若從其他角度觀察這個AC時代，能得到以下歷史見解：就是因為大多數人過於期望和平，才會一直持續發生「戰爭」這種自相矛盾的「二律背反」（註：啟蒙運動最後一位主要哲學家康德的哲學概念。意指對同一個對象或問題所形成的兩種理論或學說，雖然各自成立卻又相互矛盾的現象）。

但要是我們回顧一下人類歷史，就可以知道「和平」的社會秩序其實並不普遍。那只是在複雜的環境下強拼硬湊出來的「人造品」，維持的難度猶如「走鋼索」般困難。是個只要有一點點對立，或是絕無僅有的裂痕，就會讓一切化為烏有，脆弱至極的玩意兒。

而這點與屬於「脆弱人造品」的宇宙殖民地可說是相當類似。

以領袖希洛．唯為首的殖民地民眾所冀求的「不武裝式和平主義」，換句話說就是「厭戰主義」，其態度或許也可以視作「只是不斷在逃避戰爭」。

無論是多麼希望自己可以居住在穩定的和平世界，但只要人類內心深處有「恐懼」、「利益」、「名聲」這三種病因盤據，就無法避免戰爭從外界闖入的情況。

為了防止這種情況，肯定必須有更妥善的準備。堅定意志的指導者應該是不可或缺，加強兵員及調度武器的措施也不可少；並且不能忘記，這將會用上大量的資源及龐大的資金。

位在中間有顆月球的Ｌ－１及Ｌ－２殖民地群宙域內的移動宇宙要塞「巴爾吉」，建造工程最後讓許多宇宙居民背負了大筆債務。

「巴爾吉（Ｂｕｌｇｅ）」的意思就是凸出或是膨脹，但到底是對地球而言的「凸出的要塞」，還是對宇宙而言的「無謂膨脹的負擔」則未曾明示。

聯合國宇宙軍將ＡＣ１７４年建造起，至今年ＡＣ１８６年秋季竣工的這十二年期間的所有費用，全都丟給宇宙殖民地的居民負擔。

其暗中的真正目的，就是要拖垮宇宙殖民地的財政，讓他們不會把預算投入到無謂的軍備等方面。

但不可否定的是，宇宙的民眾因此對地球圈統一聯合國開始懷有近似怨恨的厭惡感。

特別是Ｌ－２殖民地群的Ｖ０８７４４，在受到財政負擔的重大打擊後，使得飢餓、貧困和傳染病加重擴大。因此導致增加了許多如後來出現的迪歐·麥斯威爾般的孤兒，也就是有一天會轉為戰士的潛在兵員。

接受邀請到宇宙要塞巴爾吉建成慶祝會的塞斯·克拉克，此時心中究竟是什麼滋味呢？

想當然，主辦單位並非以主客身分，而是以建設有功人士的身分邀請。另外也有親近聯合國的殖民地要人參加，而身分也無太大差別。

塞斯並未特別治裝，就待在平常給軍官階級用的休息室中，未前往會場。

正在換上正式禮服的葵對著塞斯說：

「你真的不出席慶祝會嗎？」

「妳別管我……」

這時候的他已經完全處於憂鬱之中。

「我知道了……我們走吧。」

葵牽起穿上不合身西裝的兒子小手，動身前往會場。

當葵站在接待室的門前時，才發現兒子手上拿著像是自己修好，到處都是膠帶補丁的里歐玩具。

「這個放在飯店就好了啊。」

「這個代理克拉克叔叔出席。」

聽到這句話，母親露出感傷的微笑。

「那麼，這個就代表媽媽出席。」

葵將藍色紙摺成的紙鶴遞給了兒子。

「媽媽其實也不想出席，你在這邊乖乖待著喔。」

「我知道了……」

她已經發現丈夫塞斯投靠到反聯合國陣營。

也很明白自己的立場不能責怪他什麼。

不，她甚至反過來站在同情的角度看待。

葵已經完成凡恩所交待的請託，不過還沒有將情報轉交出去。

每當他看見兒子總是拿在手上的里歐玩具，心中就倍感猶豫。

（和我比起來，這孩子……）

兒子的堅強表現讓她感到有些喘不過氣。

她遲遲無法下定決心交出情報，日子就這樣一天天過去。

也許她已經不夠資格當ＯＺ的幹員了。

（去結束這一切吧。）

她得知凡恩・克修里納達就在接待室中。

（把他逼到絕路的，或許就是我……）

（我必須幫助苦惱的塞斯才行。）

（這就是我以後的任務。）

心中抱定退休，三人一起過平凡家庭生活的想法。

她交給兒子的藍色紙鶴中，放有鋼彈尼姆製ＭＳ零號機的設計圖資料的備分晶片。

姑且不論對塞斯的兩極化評價。單以他身為技術人員這點來評價，看在他設計了「巴爾吉」這座近乎十年未曾淪陷的宇宙要塞，以及他是身為超過二十年時間，幾乎只有小幅修改的「里歐」創造者分上，是應該擁有更多的讚美。

讚美那些開發出「托爾吉斯」及「鋼彈」等如同突變般恐怖規格的天才所創的偉業是理所當然，然而完成了平凡卻經得起歲月考驗的超級機器及相關工業技術，絕對也是功勞一件。

可是外界對他的評價僅止於技術人員方面。直到最後，他都與歷史上的重要人物評價無緣。

塞斯的心裡想必是如此渴望被讚美。

但是「時代」就這樣錯過了他。

對塞斯・克拉克有正面評價，並了解他那優秀技術及功勞之人，就只有他之後的技術人員而已。

而那部分已經算是相當專業的領域，會讓大部分以政治和經濟為起點思考的知識分子忽略，或許也是無可奈何的事。

然而塞斯就是想在這類知識分子，特別是在羅姆斐拉財團中賺得地位及名聲。

他希望自己能更受到矚目。

他如此帶有嫉妒心的情況，讓人對他始終沒有好評。

後來塞斯那沒有血緣關係的兒子，在AC195年以鋼彈駕駛員身分化名「希洛・唯」及「紅色一號」降落至地球時，有一陣子特地用里歐在許多戰場上活動。

那個時候，別說有許多戰士就此認為在為數眾多的MS當中，「里歐才有資格算是名機中的名機」，一般市民也如此認定。

少年其實是為了展現出父親所創造的里歐的實力才會那般行動——這樣的見解

或許剛好洞穿了事實，相信並非沒來由的「牽強附會」之說。

地球圈統一聯合國軍的奇利亞．卡塔羅尼亞元帥，這時正站在建成慶祝會的舞台上，大談這座宇宙要塞巴爾吉對於殖民地而言的重要性。

「回顧過去的歷史，殖民地的和平一直成了維持地球治安的犧牲品。都是那小小行星上無謂的勢力爭奪行為，嚴重地影響了各位的生活。相信各位對稍早前發生的月面戰役記憶猶新吧？那場戰役終究只是因為地球方為了圖方便才會發生……」

身為策劃者的他，先以公布事實作為開場。

「而今，之所以建造這座移動要塞巴爾吉，就是要作為宇宙的唯一軍事戰力。如此一來，月面的監視工作將因此完備！以後再也不用因為地球方的指使而疲於奔命了。」

奇利亞這次的講稿，是由凡恩．克修里納達寫成。

接下來的話，正發揮了他的政治手腕。

「要塞的建設費用由殖民地方負擔，我心中對於這點深深感到過意不去。但請各位要明白，這座要塞是各位的所有物。」

其實只是把自己這邊的意思強壓到對方身上而已，卻想以狡猾的道理，把「不幸的弱者」轉化成「幸運的和平主義者」。

「我們地球圈統一聯合國軍只不過是租用而已。要塞的補給與維護費當然是由地球各地的財團自行負擔，還請大家放心。」

而為了拉攏純樸的殖民地民眾，再釋放出如下令人安心的訊息，也是最有效果的方法。

「後殖民紀元186年，宇宙將會和平。我奇利亞・卡塔羅尼亞也將在這座要塞建成之際辭去元帥一職，回歸一介軍人，以向大眾宣告戰爭結束。」

奇利亞終究只是名義上從元帥降級為將軍，而理由則是要為「暴風洋會戰」的慘敗負責。

戰爭自然絕不可能就此結束，而他仍然是聯合國軍的最高統帥。

雖說如此，大部分的殖民地居民還是相信了「宇宙和平」這般甜蜜的假象，而同意負擔要塞的建設費。

經過了九年時間，在AC195年，OZ的蕾蒂·安特校也採取了這樣的方法。一面高喊著和平，一面促成殖民地組織武力。

真的就如同當時迪歐·麥斯威爾所說：「因為宇宙上的好人太多了。」

在這演講會場的中間——

桃樂絲正無聊地聽著父親演講。

她今年六歲。

旁邊則站著凡恩。

「凡恩哥哥，特列斯哥哥呢？」

「嗯……」

凡恩轉而向身邊戴著太陽眼鏡的隨扈詢問：

「我兄長呢？」

「令兄似乎尚未回來。」

「什麼嘛～真是無聊。」

桃樂絲鼓起腮幫子，一臉不高興。

「我也這麼覺得。」

「我出去找找。」

少女立刻穿梭進會場的人潮中。

「不要迷路了喔。」

凡恩使個眼色，讓一半的隨扈跟上快步出去的桃樂絲。

接著便嘆了一口氣，想著仍在宇宙探索的兄長。

「那種在宇宙迷路的不良學生，跟桃樂絲並不一樣……根本用不著理會啊。」

在地球調查之後，艾爾維．奧涅格確定就是聯合國陸軍，北歐分部的奧涅格准將的兒子。

不過，名為傑克斯．馬吉斯的少年已經證實名字與籍貫都是偽造，地球圈內沒有這個人的紀錄。

（讓他接近哥哥太危險了……）

希望他就這麼失蹤不見。

（哥哥身邊並不需要這種人。）

凡恩如此主觀地認定。

塞斯與葵的兒子這時出現在沉思的凡恩面前。

他的小手仍然抓著那滿是補丁的里歐。

那玩具稍微引起凡恩的注意。

「這是里歐嗎？」

「初期型的一式……是克拉克叔叔的代理。」

「迷彩色不是很好看呢。」

「我不喜歡白色機體。」

這是凡恩不喜歡聽到的話。

他決定改變話題。

「找我有什麼事嗎？」

「…………」

拿著里歐的小男孩沒有馬上開口。

「令尊是塞斯·克拉克技師長嗎？」

聽到如此詢問，男孩並沒有點頭回應。

他有別的事想說。

「有什麼想說的就儘管跟我說，沒關係的。」

「戰爭真的會結束嗎？」

凡恩頓時有種被看穿的感覺。

他以面帶僵硬的微笑反問男孩：

「你覺得呢？」

「我覺得不會結束。」

「為什麼？你不希望和平嗎？」

「我希望……可是我覺得不會。」

凡恩露出自虐似的笑容，又從另一個角度詢問：

「你想打仗嗎？」

「……我不想打仗。」

「大家都一樣啊……所以戰爭會結束。」

「可是，不可以一味逃避。」

這是年僅六歲跟十三歲孩子的對話。

凡恩心想，雖然同年紀，但桃樂絲的話聽起來可愛多了。

「這樣子啊，你說得沒錯，真的很有參考價值。」

凡恩伸出左手要和男孩握手。

「我會把這點當作日後方針的，謝謝你。」

「…………」

看到對方伸出手來，六歲的男孩也伸出左手。

雖然男童軍之類的少數團體是有這種例外的習慣，但一般來說是不會使用左手握手的。

小孩子有時候會輕率地以這種行為當作開始決鬥，或者是惡作劇似的亂講：

「Adieu（註：法語中，訣別時用的話）。」

當時的景象可以如此解釋。

但反過來說，這兩人以左手握手，更可以當作是種象徵意義。

應該沒必要多加揣測。

重點是放開手之後，留在凡恩手上的藍色紙鶴。

「這是？」

「媽媽的代理……」

凡恩拿起藍色紙鶴在耳邊晃動，知道其中放有東西。

「請替我跟葵女士問好。」

他對著葵的兒子背後輕聲說道。

這時桃樂絲剛好回來，撞到了男孩，玩具里歐因此掉到地上。

「走路小心點啦。」

後來化名「希洛．唯」的他，撿起爸爸的代理時也說：

「妳也一樣。」

這是發生在一瞬間的事，或許兩人都已經遺忘了這件事。

他們再次見面時，是在AC195年復國的山克王國——

幾個鐘頭後，奇利亞與凡恩來到巴爾吉要塞內部的司令室內，與地球圈統一聯合國軍總部首腦人員開起視訊會議。

「為何我們必須負擔要塞的維護費用？」

面對語出不滿的邊迪將軍，凡恩不假思索地立刻回應：

「要是再增加殖民地民眾的負擔，巴爾吉可就真的會變成他們的東西了。」

「不，問題在於會擴大各國的支援軍事費用。既然巴爾吉已經完工，等於地球外已無憂慮，為何還有如此必要？」

「請看這個。」

凡恩將取自紙鶴的晶片插進電腦讀取，並將資料顯示在螢幕上。

「這是鋼彈尼姆合金製MS的設計圖。」

在這張試作零號機的圖上，標有——

「WING GUNDAM 0」的字樣。

「殖民地方面企圖量產這個與我們對抗。」

「他們是認真的嗎？我有點難以置信。」

諾邊塔將軍質問道。

「諸位心中沒有譜嗎？我可是有十二分的旁證呢。」

領袖希洛．唯遭暗殺、出口關稅費率的操作、被壓榨宇宙軍的維護費以及宇宙要塞建設費，還有就是管理階層長期的精神壓抑。

地球方一直以來的傲慢態度，造成殖民地方面有說不完的暴動理由。

「要與此機體相抗衡，恐怕需要超過五十架的ＭＳ……要是讓殖民地方面建構好量產系統，我們聯合國軍就必須事先準備好對方五十倍的戰力才行。這想必會擴大維護地球圈治安的軍事費用負擔。」

塞普提姆立刻借題發揮叫喊：

「我們第三宇宙軍需要更多的增援！」

這個人現在正計畫建立Ｌ-３殖民地群的軍事據點。

「無論如何都要斷絕殖民地間的合作關係。」

「我們的技術力，難道不能製造出這個鋼彈尼姆製的ＭＳ嗎？」

「要花費的成本跟時間是多少？」

「看來當務之急還是擴大軍備啊。」

各將軍頓時焦躁了起來。

連這些戰爭專家都會這麼動搖。

那麼地球各國的首腦，想當然耳也會接受擴編軍事費用吧。

一把宇宙設定為「假想敵」，地球上已接近飽和狀態的過度軍事力也就有了正當理由。

少年凡恩的心中，有著刻意讓關係相互衝突的雙方，藉由不同方向的矛盾心理保持平衡的想法。

對於弱者，他伸出救濟之手；對於強者，他提供不安與恐懼。他讓老人看見惡夢般的未來，又讓年輕人夢見從過去的束縛中解放。

如果螢幕上有哪個將軍問起：

「要是我們整頓好軍備，那不會反而促使與殖民地方全面開戰嗎？」

那麼凡恩會如何回答呢？

事實上，鋼彈尼姆製ＭＳ「鋼彈」未曾量產過。

別說殖民地方面沒有量產所需要的資源及工業力，甚至連操縱機體的駕駛員也找不到。

以這張設計圖所記載的「飛翼零式」而言，直到卡特爾．拉巴伯．溫拿製造完成的中間九年時間，連機體的零件也都無法製造。

即便從設計圖來看會是極大的威脅，但既然對方完全沒有可以上手操縱的駕駛員，就可以完全忽略這個問題。

這點凡恩雖然早已胸有成竹，卻故意操作資訊。

這樣一來，羅姆斐拉財團肯定可以從中獲取利益。

年輕的十三歲天才，用藍色紙摺出一架紙飛機，射了出去。

用「惡毒」這個詞來形容這名少年，真是一點也不為過。

隨處可見，被稱作是年輕一輩的少年少女在日後占據重要的歷史地位，也算是這個AC時代的特徵。

莉莉娜・匹斯克拉福特在十五歲即成為世界國家元首的「女王」，桃樂絲・卡塔羅尼亞也是在這個年紀成為革命軍白色獠牙的副司令。

而說到鋼彈駕駛員，則是年紀更輕的時候就上了戰場。

年僅七歲便向地球圈統一國家宣戰的瑪莉梅亞・克修里納達則更令人驚訝。

不過，為什麼會發生這種現象呢？或許就是中生代缺乏活力，也就是世代出現了斷層。

這剛好與上個時代二十世紀後半到二十一世紀初呈現的特徵接近，足以相互印證。

先進的醫療技術與豐富的食物來源，延長了地球圈所有人類的平均壽命。不管是部分管理階層、政治、經濟、思想、藝術領域，觸目所及之處，大多會有即使主事者年老，也不會將地位交棒給下個世代的情況。

也因此，原本應該承先啟後的中生代遭到慢性壓抑，而不再嘗試新方法，或是採取革新的行動。

同時，他們對自己年幼的孩子則施以堪稱是過於早熟的菁英教育，自己卻抱著多一事不如少一事的態度迴避責任。

當高齡的領袖開始感到自己再也撐不下去，想要交棒出去時，也會因為中生代缺乏責任感，無人足以託付，導致他們只能選擇交棒給再下個世代的年輕一輩天才少年少女。

要能站在舞台上，不是看長幼次序，而是取決於實力。

世局發展漸漸有了如此現象。

但要特別補充說明的，便是也沒必要把這種現象視為不正常。

反而是按照長幼次序或是事務經驗之類，跟實力沒有多少關係的方式作為評價可能還比較有問題。

藍色的紙飛機飛到了桌子底下。

桃樂絲正躲在那裡。

時代帶來的命運，有時對於許多人而言就像是突然之間的改變。

這種時候就是這個瞬間——

「開始攻擊！」

阿爾緹蜜斯下達了命令。

從L-2殖民地群出發的大型運輸機，停在可目視到宇宙要塞巴爾吉的距離，隨後派出了二十五架格萊夫。

這些機體已經不再是白色。

機體變成不帶有個人思想的含意，而是為了實用而改塗成在宇宙空間中不會醒目的黑色。

後來人們稱這些機體叫作「舒巴爾茲·格萊夫（黑色的里歐IV型）」。

「目標是宇宙要塞巴爾吉！」

巴爾吉奇襲行動就在突然之間打開了序幕。

阿爾緹蜜斯率領的二十五架舒巴爾茲·格萊夫以三架編組的方式散開，並開始開槍射擊。

巴爾吉遭到四面八方的攻擊。

這正是阿爾緹蜜斯擅長的陣式。

飛離要塞攔截的八架奇美拉（里歐Ⅲ型）瞬間就被包圍並各個擊破。

要塞的防備能力，在外圍毫無死角地布有280公釐三管式砲塔及二管式機槍，但都無法命中高速移動的舒巴爾茲．格萊夫。

相反的，對方的實彈中距離砲卻命中了幾座砲塔，使得火網產生死角，成為奇襲部隊的安全地帶。

短短幾分鐘的時間，巴爾吉就發生嚴重損傷。

雖說有堅固的鈦合金外層保護，內部仍會感受到激烈的震動。因爆炸而引起的火災煙塵，瀰漫在外側的通道內。

才剛發派到要塞的士兵別說應戰了，甚至連滅火工作都做不好。

許多與戰事無關的民眾則只是左右逃竄，完全陷入驚慌失措的狀態。

如此反應失常，最主要的原因就在於聯合國軍首腦的怠忽，未能事先預測奇襲行動。

其證據之一，就是該司令室的指揮官甚至糟糕到都還沒有到任。

這也因此使得指揮體系出現破綻，聯合國軍士兵根本不知道該如何應變，只能依賴要塞的防衛機制，完全沒有組織出有效的戰術。

這時候在司令室的人，只有凡恩．克修里納達、奇利亞．卡塔羅尼亞將軍，以及其女兒桃樂絲。

奇利亞雖然有叫桃樂絲在外面等著，但她因為有點好奇而偷偷躲在裡面。

這三人在要塞外層中彈時，因為主電腦的自動防衛系統起動而被關在司令室內。

雖然如此，奇利亞畢竟是個能幹的將軍。

他打開通訊線路，開始鼓勵作戰的士兵，要他們就訓練時的位置防備，設法阻止敵人闖入要塞內部。

「叫士兵貫徹我的命令！不用擔心，巴爾吉沒那麼容易被攻陷！」

桃樂絲對於父親如此的背影產生了深深的憧憬。

現況的問題在於要塞中的大量民眾。

士兵方面，光是要因應奇利亞的指示就已經竭盡心力，完全空不出時間去帶領民眾到防空洞。

此時的葵正在已完全關閉的接待室內找尋兒子。

在正常照明故障，只有緊急用的紅色燈光照射下，她拚命尋找著。

但兒子早已不在接待室內。

——在這房間外。

如此判斷的葵，突然動手把裙子撕開到大腿處。

周遭男士漠然地看著她這番舉動。

葵接著以她那迷人的眼神向站在身旁，戴著太陽眼鏡的男子搭話：

「不好意思……」

聽到這句而低下頭來的隨扈，後腦杓立刻中了一記強力的迴旋踢。

太陽眼鏡就這麼掉落在地毯上。

接著，葵便從男子懷中抽出手槍，朝著門上的安全鎖連開數槍。

周遭人們看到這般情況，只覺得她的行徑瘋狂。

門扉過於沉重，只能以手稍微推動。

但對女性來說，她能有這樣的臂力已經算相當卓越了。

只是仍然無法推得更開。

她的身邊圍起了方才隨扈的同事。

「妳有什麼企圖？對我們動手可不是——」

「快！這裡不安全！」

「——什麼？」

「帶大家去防空洞！快！快幫我！」

眾隨扈被葵的氣勢影響，便也動手幫忙去推開那道沉重的門。

當然，她說的都是臨時想到的藉口。

根本沒有想過要幫助在場的人。

葵一心只想找出自己的兒子而已。

就在這稍早之前，塞斯．克拉克衝出了軍官室。雖然驚訝於瀰漫在走廊的煙塵，但仍立刻掩住口鼻，趕往中層的接待室。

他擔心的是妻兒的安全。

他為自己這時不在他們身邊感到過意不去。

（現在不是自怨自艾的時候了！）

如果是照他的設計圖建造，那就算不看樓層導覽，他也走得到中層的走廊。

不，就算說在這座要塞中，只有塞斯一個人能只靠自己就瞭若指掌地任意走動也不為過。

「只有我了。」

塞斯隻身奔馳在漫布煙塵而視線不良的走廊，不知不覺叫道：

「只有我能救妻子跟兒子了！」

這時候，在他面前出現一名騎著建材搬運用電動摩托車（可在無重力狀態下高速移動的可動式兩輪摩托車），身穿太空裝的士兵。

「塞斯技師長！」

「你認識我嗎？」

「是。請穿上這件！」

他拿出一件太空裝來。

「我不用穿這種東西！」

「您要去接待室是嗎？」

「……啊，嗯！」

「我帶您過去吧！不過中間可能會有空氣外洩的情況！還請穿上！」

「我……我知道了。」

塞斯立刻穿上士兵給的太空裝。

「有勞你了。」

這時候，遠處傳來爆炸聲響。

同時已經可以感受到敵人步步進逼。

「真是的，指揮官在幹什麼？為什麼不用巴爾吉砲！」

滿嘴如此抱怨的塞斯著裝好之後，坐上電動摩托車的後座。

「能麻煩您帶路嗎？」

「當然了，請趕快走吧！」

電動摩托車立刻急速前進。

這名握著龍頭把手的士兵，其實並不隸屬於聯合國軍。

這個男人正是反聯合國軍方面的幹員亞汀．羅。他於急難中偷出聯合國軍的太空裝，偽裝成士兵。

他的任務原本是從要塞內部引起混亂，但是在已經完全無此必要的現在，他決定「依照自己的情感行動」。

那就是設法救出自己的前任情人，以及與自己有血源關係的兒子。

也就是說，他的目標及行動跟塞斯一致。

電動摩托車穿過了濃濃的煙塵。

但是一般的走廊已經遭到安全壁隔離住。

「那道安全壁的後面就是ＭＳ的機庫。」

「了解。」

亞汀沒有減速，直接抽出手榴彈的安全栓，向前方的安全壁擲去，同時駕著電動摩托車反向迴轉。

爆炸之後，便打開了通往機庫的路。

「你這傢伙真是亂來！」

「可比不上您的太太啊。」

「你認識內子？」

「請您抓緊了！」

亞汀再次發動電動摩托車前進，衝往ＭＳ機庫。

「直線往前後，在右上方三十度的位置有條遍及整座要塞的空氣循環用通風口！這部分的功能兼具了冷卻巴爾吉砲主引擎的過熱狀態，目前可以通行。」

薩吉塔里烏斯就是因為沒有這種通風口，才會花過多的時間在填充能源上。

「從那裡可以一口氣通到中層的走廊！」

接待室那道沉重的門扉終於開了一道數十公分寬的空隙。

身材苗條的葵立刻硬是擠進門縫，來到外面的走廊。

長長的中層走廊，這時還沒被安全壁給隔開。

她趕緊脫下高跟鞋，動身快跑。

她敏捷的身手自是源自OZ的幹員訓練，但原本體能就已不凡。

亞汀與塞斯騎乘的電動摩托車正急駛在通風口內，穿過MS機庫。

這時，一架敵方的MS闖進了機庫。

塞斯回頭一看，立刻咬牙切齒起來。

他光看輪廓就知道是什麼機體。

「那……那不是格萊夫嗎……」

舒巴爾茲．格萊夫開始一架一架地破壞尚未發動的奇美拉。

機體融合爐的爆炸又接著引爆其他的機體。

整座機庫頓時化成一片火海。

葵聽到爆炸聲就發生在附近，更是繃緊全身肌肉，速度驚人地快步奔馳。

就如同自己的預測，為了阻斷火災的煙塵，安全壁一道接著一道關了起來。

她就像是跨欄選手似的跳過往上升的牆壁，而往下降的牆壁則是在就要闔下前低身滑過，奔跑的過程幾乎沒有減速。

但是仍未能及時找到自己心愛的兒子。

堅強如葵也終於露出了疲色。

正當她心想，下一道安全壁就是體力極限的時候，看到後面的走廊有道小小的身影出現。

是自己死命尋找的兒子。

他正拚命地將被安全壁挾住的玩具里歐拉出來。

就當葵打算呼喊自己兒子的名字時，發生了劇烈爆炸。

她瞬間感到一陣絕望。

同時，一道鮮紅的火柱就在自己的面前噴出。

剛好就在這數秒鐘之前，一輛電動摩托車救出了葵的兒子。

在被吸出至真空的漆黑空間之前，葵感到眼前景象就像是慢動作似的。

騎乘電動摩托車的人是亞汀及塞斯。

兩個父親救到自己心愛的兒子。

母親因安心和歡喜而揚起嘴角，對這諷刺的景象發自內心微笑。

（太好了……可是……）

（對不起……）

（請你們原諒我……）

（沒辦法跟你們在一起了……）

（永……別了……）

面露微笑的葵就這麼消失在火焰中，這個情景深深地烙印在塞斯及亞汀兩人的心裡。

「先生，不好意思……」

塞斯將兒子託付給亞汀。

「麻煩你先幫我照顧一下……」

「喂，等等……太亂來了！」

從原本的技師長一轉成為愛家父親的塞斯，離開電動摩托車後，往幾乎已成為無重力狀態的通風口牆壁一蹬，身影就消失在至今都還爆炸不斷的機庫方向。

亞汀向留在身邊的孩子問話：

「空氣漸漸變稀薄了，你還可以嗎？」

聽到亞汀這麼問，男孩只是微微點了點頭。他的眼睛正望著已經破碎不堪的玩具破片。

（我的東西沒有了。）

（什麼都沒了……）

（我什麼也沒有……）

帶著心中懷抱如此想法的年幼兒子，亞汀駕駛電動摩托車，動身趕往防空洞。

滿心復仇的塞斯坐進了機庫中的奇美拉，毫不保留地發揮自己身負的ＭＳ知識，向可恨的格萊夫挑起肉搏戰。

敵方已經增加到三架，戰況極度劇烈。

但就算對方是最新機型，基本上還是里歐。塞斯有自己的一套戰法。

「像你們這種人！」

對方其中一架的背部能源動力爐，就在塞斯懷著對愛妻的歉意之下被斬開而爆炸。

「像這種格萊夫！」

另外一架的頭部主攝影機，則是在塞斯為自己的自大感到羞恥之下遭到破壞。

接著，左臂腋下的自動平衡裝置回路也被塞斯抽出而損毀。

「我的兒子才不會死在你們手下！」

塞斯祈求那個一直關心自己的非親生兒子的未來。抱著這樣的心情，他攻向敵方最後一架機體。

「他才不會死——！」

使盡全力的光劍猛然從舒巴爾茲·格萊夫的胸口刺出。

但是離目標的駕駛艙卻差了一小段距離。

於是，這最後一架的舒巴爾茲．格萊夫立刻於近距離發射中距離砲。

塞斯駕駛的奇美拉因此而大爆炸，格萊夫也受到爆炸牽連，消失於機庫中。

爆炸的規模之大，甚至瞬間傾斜了巴爾吉要塞——

阿爾緹蜜斯接到了搶先成功闖入內部的一支三架編隊，被單單一架奇美拉擊毀的報告。

「怎麼可能……莫非……？」

她心想對方一定備有相當優秀的駕駛員。

恐怕就是OZ特務部隊的——

「特列斯．克修里納達……」

大意進攻將可能蒙受損失。

於是她為了重整步調，下令要求各隊向要塞的砲擊死角處集合。

「各機向H點集合！」

就在這時候——

特列斯出現在阿爾緹蜜斯的通訊螢幕上。

「我是地球圈統一聯合國軍，ＯＺ特務部隊的特列斯．克修里納達。」

「什麼！」

「我請求與舒巴爾茲．格萊夫部隊的阿爾緹蜜斯．瑟帝奇司令決鬥。」

「你在哪裡？」

「就在閣下的身後——」

阿爾緹蜜斯驚恐地回頭望向背後。

「又來了？」

原來身後已經有白色的奇美拉部隊展開並圍住舒巴爾茲．格萊夫。

阿爾緹蜜斯恨透了被特列斯從背後乘虛而入。

這已經是自尊心第二次受創。

她立刻向所有部隊下達命令。

「各機注意，目標變更！目標改為後方的白色里歐！向敵方隊長機進行集中發射！」

接著舒巴爾茲．格萊夫的中距離砲便同時向特列斯機集中射擊。

「不願決鬥嗎……那麼就別無他法了。」

特列斯於是以另一條頻道聯繫巴爾吉。

「宇宙要塞巴爾吉，聽到請回答。」

巴爾吉司令室內正滿心期望特列斯一行人的到來。

「特列斯哥哥！」

「哥哥……」

出現在螢幕上的特列斯，表情嚴肅，與平常不同。

「卡塔羅尼亞將軍，請解除自動防衛系統，發射巴爾吉砲。」

「什……什麼？」

「然後，希望可以將發射鈕交由我親愛的弟弟——凡恩按下。」

受到哥哥指定，凡恩不由得面露困惑。

「有什麼意義嗎？哥哥……」

「凡恩，這必須由你來做……」

特列斯機閃躲著舒巴爾茲・格萊夫的集中砲火，同時逐步向後方退去。

「我會引誘敵機……你要將巴爾吉砲的目標位置設定在我身上……」

巴爾吉砲的特性，是拉開的距離越長，能命中的敵機數量就會越多。

但是幾乎可以肯定的說，位於中心位置的特列斯機將會無法閃避。

「由你發射，也正合我的心意……」

「不行，我辦不到。」

凡恩拒絕了。

「我怎麼可能辦到！」

「凡恩，你要為大局著想……損失我一個人，就可以拯救巴爾吉要塞啊。」

凡恩自己也很清楚，要打破這不利的局面，就只剩下這個手段了。

「難道你要為了我區區一人，而犧牲最高指揮官卡塔羅尼亞將軍和親愛的桃樂絲小姐，還有你自己嗎？」

（覺悟得好呀，特列斯……可是……）

（為什麼？沒有其他辦法了嗎……？）

卡塔羅尼亞父女的心中，也跟凡恩一樣千頭萬緒。

特列斯如此犧牲自我的提案，正說明他未能找到傑克斯與艾爾維。

身為受到這兩人強烈的請求而特別允許他們執行格萊夫運輸任務的教官，身為造成這座巴爾吉要塞奇襲行動的主因人物，特列斯一心只想為此負起責任。

「快下決定！再拖下去就會讓我白白送死！」

「我了解了！」

凡恩眼眶泛淚，聲音顫抖地叫喊：

「巴爾吉砲，準備發射！目標為ＯＺ特務部隊隊長機！」

「全體奇美拉機散開！離開戰線！不許違反我的嚴命！」

（這才是我的弟弟！）

特列斯僅以自己一架機體，引誘將近二十架的舒巴爾茲．格萊夫靠近，並慢慢向後方退去。

（動手鏟除吧，凡恩．克修里納達。）

（你的雙肩擔負著這個地球圈的未來。）

特列斯露出微笑，在心中祈願——

（母親就交給你了……）

由於巴爾吉的主砲角度在當初是設計成固定的，所以瞄準時必須控制推進噴射器改變要塞本身的方向。

最先察覺到這點的，正是阿爾緹蜜斯。

「莫非他們想要發射巴爾吉砲？」

難以想像他們會願意犧牲特列斯。

阿爾緹蜜斯實在無法相信統一聯合國軍有多少人才，可以讓他們願意把這麼優秀的男子當作棄子。

但是眼前發生的所有因素，都為這個猜測立下旁證。

「巴爾吉砲要花多久的時間填充能源？」

這時，阿爾緹蜜斯開始猶豫了。

她從來就沒有懷疑過自己的直覺，只有這次例外。

之前請求決鬥時，也讓她內心感到動搖。

原本以為是在巴爾吉內部的特列斯，居然會出現在自己的背後，這點她還未能釋懷。

頭腦清晰，有著精密機械外號的她，正因為特列斯超乎想像的行動而失措。

日後，阿爾緹蜜斯之所以受到批判，指揮官的能力遭到質疑，正是因為這時的猶豫成了她最大的戰術誤判。

巴爾吉砲已經瞄準完成。

凡恩在這時並未猶豫。

他的心中迴響起那個手拿滿是補丁的里歐的孩子說的話。

——不可以一味逃避。

凡恩把這句話當作日後的方針而說：

「不會打中哥哥！他絕對會躲開！宇宙的神和母親一定會保佑他！」

「目標已鎖定！」

阿爾緹蜜斯就在這時下了決定。

「全體散開！巴爾吉砲要發射了！」

但是這道命令完全錯失了時機。

正在攻擊的舒巴爾茲．格萊夫，動作停住了數秒鐘時間。

「巴爾吉砲發射！」

凡恩按下發射鈕。

就在這一瞬間，露克蕾琪亞機、伊滋米機、索拉克機以最高速度抱住特列斯機，就這麼順勢拉出巴爾吉砲的射擊範圍。

在威力無比巨大的光束攻擊下，二十架舒巴爾茲．格萊夫瞬間遭到殲滅。

「笨蛋……」

阿爾緹蜜斯如此低語：

「我真的是個笨蛋……」

當下還活下來的，包含自己在內就只有僅僅兩架而已。

「阿爾緹蜜斯司令……」

殘存的副手發訊請求指示。

「撤退吧，撤退！我們這下是徹底輸了！」

兩架舒巴爾茲·格萊夫就這麼帶著恥辱飛離了現場。

三架奇美拉或多或少都受到巴爾吉砲的傷害，但特列斯機確定毫髮無傷。

「太好了……平安就好了。」

索拉克·迪爾布魯克輕撫胸口，鬆了一口氣。

「傑克斯和艾爾維已經失蹤，要是再失去特列斯教官的話，那我真的就成行屍走肉了。」

露克蕾琪亞·諾茵半哭著一張臉，如此表示。

「各位犯下重大軍紀違反罪則……指揮官應該已經下達離開戰線的嚴命。」

特列斯一反平常，語調嚴肅地說。

「是我強迫他們兩人的！要處罰就處罰我吧！」

伊滋米．塔諾夫駕駛著半毀的機體向前說道。

「不，我只是『自己設想該如何行動』！」

「我是基於『為後進的士兵著想』而接受伊滋米預備生的提議！我也同罪！」

「你們三位……回到維多利亞湖基地後都要重新接受初級訓練！不過，我要向你們的勇氣表示敬意。還有……」

特列斯露出溫和的笑容。

「對不起……謝謝你們。」

宇宙要塞巴爾吉司令室內的凡恩和卡塔羅尼亞父女，也因為特列斯還活著而由衷感到欣喜。

「真是太優雅了，特列斯哥哥……真的就像是在跳華爾茲似的。」

「凡恩．克修里納達，這次的發展足以留在聯合國軍的戰史中了吧？」

「不行……發生這樣的奇襲行動，會讓人懷疑這座日後的宇宙最強移動要塞巴爾吉的能力。」

「那麼就是要……」

「我會讓這件事沒有發生過。」

凡恩一掃憂心的表情，如此說道。

然而他心中所想的——

最主要的原因，或許只是不想留下自己曾幾乎親手殺死尊敬兄長的紀錄而已。

「宇宙的神啊，母親啊，感謝你們……」

雖然最後以勝利作收，但這天發生的一連串種種偶然，正引起了足以用命運形容的連鎖反應。

如果那名年幼的男孩手上沒有拿著里歐的玩具，事情將會如何演變？

要是塞斯·克拉克沒有摧毀格萊夫的話，阿爾緹蜜斯會如此動搖嗎？

要是沒有卡塔羅尼亞父女在的話，要是特列斯晚到的話，要是伊滋米聽從命令的話……

這場勝利就像是「走鋼索」一樣。事後回想起來，有多到數不清的事情會讓人冷汗直流。

（不可能有如此幸運的偶然。）

（我再也不要遇到這種事了。）

（不可以一味逃避……）

（我必須根絕殖民地的反抗意志。）

凡恩．克修里納達下定決心。

然而雖說是敵人，一下子奪走二十人的生命，對這個十三歲少年的心理也留下了深深的黑影。

他開始變得比過去更加冷酷——

AC-187 SUMMER

將近一年的時間過去——

傑克斯・馬吉斯和艾爾維・奧涅格仍然行蹤不明。

亞汀・羅與他的兒子從那天以來，就一直過著兩人一起的流離生活。

他們雖然是實際有血緣關係的父子，但亞汀並沒有將這件事告訴孩子。

他教給孩子的是自己身負的知識與技術，以及求生方法。

少年的身體能力承繼自葵的血脈。

而清晰的頭腦則是得自塞斯的影響。

至於亞汀遺傳給他的，則是某項才能。

「來這裡是要殺誰呢？」

兩人來到的是L-2殖民地群的醫療設施。

「你這小鬼，不要插嘴管爸爸的工作。」

「爸爸？我才沒有爸爸。」

「我們是扮演父子……這是你跟我訂定的契約。如果你想有飯吃的話。」

亞汀讓男孩幫他工作。

帶著孩子行動，會比自己隻身一人還要方便行動。

「……了解。」

就算自己有「隨時都可以死」的打算，肚子就是會餓。

少年雖然認為自己「什麼也沒有」，但他依然有著生命。

即使內心「求死」，身體機能卻告訴他要「繼續活下去」。

「繼續活下去」，就意味著要「犧牲」其他的生命。

不管是採取葷食還是素食都一樣，必須動手奪走當下的生命。

越是想要長壽，這分罪孽就會越深重。

人類要想一塵不染地活著，到底是天方夜譚。

說再多好聽話也沒有用。

問題在於當下的心境。

亞汀教給兒子的，就是這般恐怖分子特有的思考模式。

特列斯與凡恩這對兄弟也一樣來到了這座醫療設施，為的是接回父親芬戴特・克修里納達的遺體。

芬戴特的死因是「殖民地感冒」。

而且是過去疫苗都無效的新品種。

「這個人打從一開始就是個沒有靈魂的空殼……就算死了，他的價值也不會有任何改變。」

凡恩冷冷地說。

「要說這就是他那麼對待母親而得到的報應，那還太遲了呢？」

「用不著再出言詆毀死者……」

「兄長只是不講而已，心情應該也一樣吧？」

凡恩不再稱「哥哥」，而是改成了「兄長」。

特列斯不再多說什麼。

特列斯心中深深認為，凡恩的性格會如此轉變，都是因為自己那天的所作所為造成的。

「要去母親那裡嗎？」

「這附近的殖民地發生了叛亂，我想先收拾好再過去。」

「還是一樣讓人呼來喚去的……兄長也該站上歷史的舞台了吧？」

「目前這樣比較適合我的個性。」

特列斯已經不再是維多利亞湖基地的專任教官。

目前他正接受各地的聯合國軍官預備校的邀請，前去教導年輕士兵運用及操縱ＭＳ的技術。

而要是該地附近發生了政變或是紛爭、暴動，他就會應軍方請求動身到前線。

歷史上的紀錄中，他盡是在處理小規模動亂的鎮壓工作。

若仔細回顧，似乎可以說特列斯參與的戰事，從首戰的摩加迪休攻略戰起就都是如此了。

他只是淡然地完成接下的任務。

沒有特別高舉什麼理想，也並未對戰爭抱持什麼疑問。

這次出動的原因也是如此。

叛亂軍以五架特拉哥斯進攻聯合國軍基地。

特列斯要駕駛隸屬聯合國軍的里歐，與政變軍方面的特拉哥斯部隊對決。

不是白色的機體，這點倒是讓他略微感到遺憾。

這個時候，殖民地方面的多數恐怖組織皆計劃暗殺凡恩·克修里納達。

他們自然不會輕易放過這個把宇宙當作假想敵的羅姆斐拉財團年輕領袖。

此外，凡恩對於殖民地方面做出的不合理處置，到了最近更是陡然倍增，促使他被當作暗殺的目標。

諸如完全斷絕各殖民地的聯絡網（包含人員、物資交流在內）、加強所有資源運輸的檢查工作。就像是封建時代中，王國與殖民地的關係，在地球圈統一聯合國與各殖民地重現。

凡恩過去曾經以強硬手段推展財團與聯合國軍高層的改革工作。

這次他也徹底地如此運作。

有一點不同的地方，就是會從中得到利益的就只有羅姆斐拉財團而已。

專制君主的高壓支配。

要打破如此體制，第一步就是送君主上斷頭台。

亞汀．羅接到的工作就是這件事。

然而亞汀卻抱持著疑慮。

就算暗殺凡恩．克修里納達，應該也改變不了什麼吧？

先前暗殺了領袖希洛．唯之後，時代確實產生了巨大的變化。

但是已經開始失序的歷史齒輪，並不容易恢復原狀。

歷史必須大規模地分解檢查，也就是拆解成一塊塊齒輪之後，重新組合才行。

為此，就必須讓時代的洪流先停止……

亞汀從醫療設施的負責人口中得知，凡恩這天將會前去母親的病房探望。

「那個小少爺……到處樹敵得太過頭了……」

亞汀走上可以望見該病房窗戶的屋頂，從小提琴提箱拿出分解的狙擊槍時如此說道。

這位羅姆斐拉財團的重要人物會離開重重戒護，隻身一人的時刻，就只有來到這間病房時。

「已經確保好逃脫路線了。」

兒子做的是可靠搭檔的工作。

就在這時，亞汀警覺有名年輕的男性護士進入安潔莉娜的病房。

「不對勁……」

安潔莉娜懷念地露出了微笑。

「啊，好久不見了……」

「嗯……」

「又來負責我了嗎？」

「不是……今天只是來換花瓶而已。」

那是個插有豐富花色的美麗花束的大花瓶。

「嗯，好像極光呢……」

往日所見極光的記憶，還留在她的心中。

「這是特列斯送來的嗎？」

「是……啊，不是的，是凡恩大人送來的。」

「凡恩？沒有印象啊……是哪一位呢？」

年輕護士沒有回答，默默離開了病房。

「安潔莉娜・克修里納達應該只接受女性護士的照顧才對……」

亞汀重新整理起負責人給的資訊。

「會是其他組織委託的人嗎？」

七歲的搭檔問起。

「最近同行的人變多啦。」

「我去跟蹤那個人。」

「別太勉強自己。」

「我試試看。」

凡恩捧著一大把白百合花束，現身在醫療設施。

他直到最後都深愛著這令人想起昔日所見流冰的「純白」色調，這點特列斯也一樣。

凡恩打算在原地先等兄長到來。

他認為鎮壓紛爭這等事，特列斯應該可以馬上處理好，趕到這裡來才是。

但是等了許久都未看到對方出現。

即使聯絡軍中，得到的也只是「正在執行任務」。

「沒辦法了……雖然兄長不在，母親就不會展現她的美麗……」

他決定自己一個人去探望。

凡恩敲了敲病房的門。

「母親，您還好嗎？」

亞汀正等待狙擊的良機。

但是凡恩不再往窗戶靠近一步，他就無法命中。

並且，他也不斷地在心中自問——

（殺了那個小少爺，時代真的就會改變嗎？）

「特列斯，你來得剛好……你看這束花……很漂亮吧？是叫作凡恩的先生送來的呢。」

安潔莉娜看著裝飾在枕邊的花瓶這麼說。

「你也要去跟他說聲謝謝喔。」

「兄長沒有來。」

凡恩動手要將花瓶中的花換成自己拿來的花。

「而且我並沒有送這種——」

爆炸突然發生。

病房的窗戶被炸得粉碎，血肉與花瓣飛濺四周。

「嘖，被搶先一步……」

亞汀立刻將狙擊槍收進小提琴提箱，這時他發現通訊器正收到訊號而震動。

通聯訊號是來自兒子。

「……抱歉，我失手了。」

語調明顯地顯露出心情動搖。

「我馬上過去！」

一名舉著手槍，僵著不動的小小殺手，正杵在從屋頂通到下面樓層的外側迴旋梯上。

亞汀摸了摸這名少年的頭說：

「那小子連母親都一起除掉了……根本沒這個必要啊。」

他就像是看到了從前的自己。

「要是我能早一步殺掉他……母親就不會死了。」

少年冷靜的語調，只是裝出來的而已。

「別在意。」

亞汀這麼說之後，伸手拿走少年手中還冒著硝煙的手槍。

「不管是誰，第一次都會這樣……從第二次開始才會慢慢感到輕鬆。」

「成功的報酬，就由我們拿了。」

「嗯……」

剛才那名年輕的男性護士已經頭部中槍喪命，倒在下面樓層的樓梯平台上。

這是少年殺的第一個人。

（就叫你不要勉強了……）

（早該在這樣之前就把你丟了……）

（我果然還是辦不到啊……）

（葵，對不起……）

亞汀心中抱著如此想法，帶著兒子離開了醫療設施。

特列斯被獲知安潔莉娜和凡恩死亡的消息，是他擊敗叛亂軍，對方全體投降之後的事。

這場戰事理所當然是以絕對優勢的獲勝作結，也無人死亡。

他的戰法從過去至今都是如此。

事實上，特列斯還沒親手將敵人逼至死地過。

「這件事……是真的嗎……？」

弟弟的死，比母親更令他感到悲嘆。

對於能夠肩負起下個世代的凡恩所具有的才能，特列斯有著高度評價，也相當期待。

而且，他也比任何人都清楚，弟弟依然持續堅定愛著如此母親的那份溫柔。

從維持治安的相關人士得知，那名年輕護士並不屬於地下組織的一員。

但是他因為無法忍受最近凡恩對殖民地的高壓處置，同時也喚起先前遭到毆打的記憶，因而主動去接觸恐怖分子，甘願為他們的報復行動出力。

「果然是這樣嗎……」

特列斯深感後悔。

他流下了悔恨的眼淚，認為這一切都是自己促成的。

凡恩會加強封鎖殖民地方面，是在自己要求他發射巴爾吉砲之後。

只因為自己不願意手染鮮血，而招至如此悲劇。

過去不論遭遇到什麼痛苦或是悲痛的事，特列斯都沒有哭過。

但他就在這個時候哽咽了。

這個代價實在太大了。

「安潔莉娜・唯」。

「凡恩・克修里納達」。

特列斯發誓絕不會有片刻忘掉這兩人的名字。

並且也下定決心，絕不猶豫讓手沾染鮮血。

（就算知道這種行為會讓「時代」止步，或是使之逆行，我也在所不惜！）

從這時候開始到AC193年就任OZ總帥為止，特列斯完全拒絕站上舞台，一直保持在一介教官的立場。

而特列斯直到輸給張五飛的AC195年為止的八年時間內，都不斷地記下因為他而喪失了寶貴性命的人員姓名。

不，還不只是記下這麼單純而已。

他不斷地將之深刻在內心，就像是佛教中的「苦行」一般。

或許此時的特列斯對自己深感絕望。

我們也可以推測，特列斯那種與其當個只剩下高壓支配可行的淒慘勝利者，寧可成為堅持嚴以律己美學而榮光綻放的失敗者心願，就是從此刻開始萌芽。但直到最後，他都不曾說出他的真意。

然而不論如何——

這個時候的特列斯心中有著強烈的「贖罪意識」，相信這點絕對不會錯。

想必就是因為如此，他才不允許自己輕易做出自殺行為，或是讓自己因為輕率無謀的舉動而戰死沙場之類的事。

或許原本不應該是自己，而是弟弟凡恩為這個失序的時代帶來真正的和平。

或許特列斯自此以後便深刻覺悟，要揹負這「贖罪」的沉重十字架，開始著手實行親愛母親總是掛在嘴上的：「去拿下地球跟宇宙吧」——

MC-0022 NEXT WINTER

我脫下了虛擬眼鏡。

特列斯的檔案就此束。

下一份檔案是傑克斯．馬吉斯，也就是米利亞爾特．匹斯克拉福特。不過在看這份檔案之前，我想起了特列斯在ＡＣ１８７年夏天所創作的詩，於是再次讀取到畫面上。

詩的名字是〈眩光〉。

黑暗彼方出現一點光。

我朝著那道光奔去。

只是不停歇地奔去。
渾然忘我地奔去。

我奔著奔著，
就像是穿過了隧道般，
闖入了光耀眩目的世界。
富足無缺的世界。

這就是我所追求的？
我想追求的？

不，不是的！
我追求的並非安息。
這並非我內心所渴望。

我回過頭
眼前是自己走過的，
漆黑隧道的出口。

我追求的並非結果。
重要的是過程。

既然如此。
我的救贖，
唯有那陰暗的黑暗中才找得到。
唯有不斷奔跑才有意義。

我反問自己，

為何要——
一直奔跑呢？
AC187 sommer TK
詩的內容實在令人感慨，但我並沒有立場在此表達感想。
就在這時候，響起了緊急通訊的通知聲。
「我是T博士……北極冠基地請回答。」
我趕緊接起通訊線路。
「這裡是北極冠基地，T博士，請說。」
火星的沙塵暴還伴隨著磁氣，使得通訊狀況相當惡劣。
出現在全像投影幕上的男子有著具特徵的長長瀏海，是屬於不太會在臉上顯露出情緒，面容削瘦的學者型人物。

「告訴張老師……溫拿家的小姐被『普羅米修斯』搶走了。」

「怎麼可能！」

我背後的張老師高聲罵道：

「有你這樣的人在，居然還會發生這等醜態。」

「真的很抱歉。」

插話進來的人是個有著迷人的綠色眼瞳，年紀看起來像是青年的銀髮紳士。

「都是因為我沒想到卡特莉奴會做到這個地步，是我誤判了。」

「看來是如此。」

張老師冷淡表示。

長瀏海的學者也同樣以冷淡的語調說：

「這只證明了小姐比我們都還要優秀……不用再責備他了。」

語調雖然冷淡，內容卻頗為溫柔。

「目前已下令追擊『無名氏』……你們那邊可以攔截嗎？」

「這可是會殺掉W教授的妹妹啊。」

「這也沒有辦法，或許錯的人是我……」

「看來輪到我們出馬了吧。」

迪歐．麥斯威爾將辮子往背後一甩。

「走吧，前輩……」

他對著背後的希洛．唯這麼說。

「我的白雪公主在哪裡？」

「跟這傢伙的魔法師在一起。」

麥斯威爾神父代替兒子回答。

既然是緊急情況，我想自己也必須準備才行，於是也站了起來。

「小姐，妳在這裡待命……」

神父壓著我的肩膀，將我推回椅子上。

「可是！」

「妳還沒把檔案看完吧？」

他露出溫和的微笑，拍了拍我的肩膀繼續說：

「接下來的傑克斯資料檔案，跟要從冷凍睡眠中喚醒莉莉娜．匹斯克拉福特時用的檔案是一樣的東西……」

「莉莉娜．匹斯克拉福特的……？」

「我可是花了一番苦心才駭進去的呢。」

神父露出很稚氣的得意表情。

「我們當時所認識的那個小公主，是個還比較正常的女孩。」

「不過，她已經變了……」

「原因可能是因為，只用了這件檔案喚醒的關係。」

神父露出惡作劇般的笑容。

「如何，感到有點興趣了嗎？」

《第三集待續》

隅田克之特別創作

《GUNDAM ACE》月刊2011年4月號附錄CD劇本

神父：「妳真的很像妳母親呢。妳就是莎莉的女兒吧？」

迪歐：「妳要指到什麼時候啊……想死嗎？」

神父：「我是麥斯威爾神父……是會逃也會躲，就是不會騙人的麥斯威爾神父……這個眼神不善的小鬼是我的兒子迪歐。」

迪歐：「很好，也許可以稍微活久一點。」

神父：「話說回來，妳有拿那三份檔案過來吧？要喚醒『睡美人』，可需要那三首前奏曲啊。」

神父：「問題在於從冷凍艙喚醒時，『睡美人』的狀態啊……就至今的人工冬眠甦醒案例而言，腦的海馬體會有80％的機率發生神經元分泌異常現象。也就是說，腦部儲存的記憶有可能會遺失。

要是直接喚醒『睡美人』的話，肉體上雖然不會有什麼變化，但精神上有可能會跟剛出生的嬰兒一樣。」

迪歐：「喂，臭老爸……別說些廢話了，我的搭檔在哪裡啊？」

神父：「他講話這麼難聽，是我教得不好……因為自從他媽媽去世後，就都是由我一個男人帶大的。

這份檔案可以說是史書，也可以說是評鑑。總之我就是將之前發生的所有事情用『ZERO』這個特殊程式運算處理，放到這個晶片內。」

神父：「要從人類有史以來也是可以，但這樣做的話，『睡美人』就會變成像是全能什麼之類的。

何況，最近發生的事情又沒什麼屁用。

要建構這傢伙的人格，必要的是AC曆，而不是火星曆啊……而且不能是像教科書上刊載的官方說法，是要我們自幼所知道，隱藏在背後的歷史，那才有意義。」

迪歐：「總算好了啊！」

迪歐低語：「要麻煩你照顧囉，前輩……」

神父：「嗨，希洛！你一點都沒變呢。」

希洛：「你也是啊，迪歐……」

希洛獨白：「打從出生起，我一直都是迷途之子。

我什麼也沒有。

宇宙奪走了我的一切。

不管是雙親還是玩具里歐……

而現在的我，什麼都不是。

我第一個殺的人，是競爭業者派來的恐怖分子。

他以炸彈暗殺了羅姆斐拉財團的年輕領袖凡恩·克修里納達，以及其母親安潔莉娜。

原本我可以在這個人下手前殺掉他。

但是我下不了手。

因為我的內心太脆弱了。

由於我的猶豫，害死了那對母子。

——別在意。不管是誰，第一次都會這樣……從第二次開始才會慢慢感到輕鬆。

亞汀如此表示。

自那時起，我究竟一路奪走了多少人的性命？

雖然習慣了，卻不會感到輕鬆。

既然知道自己的內心脆弱，那麼要超越『殺人的罪孽』，就必須擁有『確切的覺悟』。

我跟著以自由狙擊手為業的亞汀．羅，走過許許多多的殖民地。

亞汀教了我所有的求生法門。

包含順著自己的情感生活。

即使亞汀死後，受到J博士收留，我的內心依然無法安寧。

讓沒有過錯的少女和小狗死亡，都是因為我的誤判。

以『希洛．唯』為代號，成為鋼彈駕駛員降落至地球後，我依然一直在執行著不堪的任務。

不斷被騙，也不斷受背叛。

越是想要活得有自我，就越會讓人不幸。

在遇到莉莉娜．德利安之前，我根本沒有做過自己。

生命是廉價的，特別是我的……

但我卻只能活於這種生活方式。

戰鬥極度激烈。不知不覺間，我決定以保護莉莉娜為『任務』。

我討厭弱者。

他們永遠畏懼著自己有一天會遭到攻擊。

誰都無法相信，說不出任何自己想說的話。我無法原諒這種人。

米利亞爾特・匹斯克拉福特曾說：『這是強者造成的。』

但我不認同。

根本就沒有什麼強者。

人類全都是弱者。

毫無疑問，我是個弱者，也是個失敗者。

根本就未曾有過勝利者。

而我則立定『覺悟』，要在這樣的時代繼續活下去。

後殖民地１９７年，那是我最後的戰鬥。

由瑪莉梅亞・克修里納達發起的那場叛亂，把暫時的和平帶進無盡的舞會中。

『拋棄武器、封印士兵就會變得和平——這是錯誤的想法』。

同樣是鋼彈駕駛員的張五飛如此說過。

建立在犧牲上的和平，確實不能說是正確的。

話雖然沒有錯，但我們已經犧牲太多生命了。

總有一天，不再需要我們這種人的時代將會到來。

和平並不是由他人給予的事物。

總有一天，人們會從恐懼戰爭的弱者，變為希望和平的強者。

這個世界需要與自由跟和平相稱的人。

我必須如此堅信並行動。

我現在仍然什麼也沒有。

但是希望擁有希望。

我相信人類總有一天會發現……

他們並非無能為力……」

希洛：「我已經殺了瑪莉梅亞……我再也不殺任何人……不再需要殺人……」

迪歐：「不殺任何人？臭老爸，這樣不對吧？」
神父：「你閉上嘴。」
迪歐：「看到這樣子，我怎麼閉得了嘴？」
希洛：「喂，迪歐……這個囉嗦的『劣質品』是做什麼的？」
迪歐：「什麼？」
神父：「他是我的兒子……」
希洛：「兒子啊……那就沒辦法了。」
神父：「哈哈哈，是啊……嗯？你這樣說是什麼意思啊？」
希洛：「就是『劣質品』是遺傳來的……沒有別的意思。」
神父：「唉……我說啊……」

希洛：「再說吧，先告訴我目前的狀況……」

迪歐：「你看看螢幕囉，要殺的是那個人啊！」

希洛：「這是──德利安還是匹斯克拉福特？」

迪歐：「當然是匹斯克拉福特了！是莉莉娜．匹斯克拉福特啊！」

希洛：「……是任務嗎？」

神父：「（發出深深的嘆息）……是任務。」

希洛：「了解……我會殺了莉莉娜．匹斯克拉福特。」

迪歐：「走吧，前輩……」

希洛：「我的白雪公主在哪裡？」

神父：「跟這傢伙的魔法師在一起。」

希洛：「了解，出動！」

後記

我沒有想要大家理解，但希望大家能去感受人類的想像力。

並且，這絕對就是今天才品味得到的「浮游感」及「緊張感」，還有「興奮感」。

大家要覺得邏輯中的「結論」才是最重要的也沒有關係，但我深深以為，如果是這樣，那麼各位讀者以現在進行式享受其中的「想像」、「夢想」、「妄想」、「臆測」、「推測」就會減損了樂趣。

我想，差不多是十五年前在電視上即時收看《新機動戰記鋼彈W》的人，肯定就是抱著這種感覺在收看。

我當時想要撰寫的，就是完全猜不透之後會如何發展，讓人興奮期待的劇本。

現在我則是想要重現這種感覺而寫出這次內容的小說。

所以各位讀者若抱持著，自己就是決定要以什麼樣的畫面呈現的導演或是製作人，或是摸索要如何演出該角色的演員心情來閱讀，或許也是挺有趣的事。

因此現在還來得及，不管是當年未能即時收看的年輕讀者，還是不小心買下這本小說而看了的讀者，未曾看過《鋼彈W》的讀者，希望你們可以去買正在連載這次故事後續發展的《GUNDAM ACE》，並將心得之類的想法寫在問卷回函中寄給我。若能因此收到各位寄來的信，那就太好了。而我也會參考各位提出的建議，立刻反映到小說當中。

還要再特別請大家注意的就是，我會以實體為主、電子為輔。也就是說，希望大家能用明信片或信件方式寄來，而不要用網際網路等方式，拜託大家了。

接下來，我曾在「G-SELECTION」的解說附錄中有答應過大家，要在這個地方寫些聲優的祕辛。

飾演希洛·唯的綠川光先生，給我的感覺是聲音冷淡中帶有溫柔，有著獨特的吸引力。而那美麗的聲音，我想還具備了會給人詩意還有文學般的知性與天真感。

後記

相信各位讀過第一集的序章後會發現，希洛私自用迪歐的名字一句句朗讀的長篇作文，是用在電視動畫第十八集最後的內容。

那段台詞是池田導演在分鏡圖階段時即興寫成，他優異的見識真是價值千金。而我認為，該篇的文體及文脈用來表現《鋼彈W》真是再適合不過了。我希望能將該文體吸收成為自己的東西，所以就抄下來咀嚼內容，以自己的方式昇華，並在這本小說中實踐。但或許會讓大家覺得有點難以閱讀吧。真是抱歉。

當時綠川先生有段廣為人知的小故事。

在電視動畫第十一集中，有請綠川先生唸標題「幸福的行蹤」。不過希洛並沒有在這集登場。因為希洛正是在前一集按下了自爆開關。在編寫劇本階段，是有發出「嗚…嗚……」呻吟聲的橋段，但這一幕因為片長關係被剪掉了。就算這樣，綠川先生仍然一起待到收音工作結束，並一如往常地露出笑容跟大家說「辛苦了」才回去。真是個好人。

不過這樣對待演員是很失禮的，我當時真是做了件很對不起他的事。

然而，其實我在其他作品也對綠川先生做過類似的過錯。

在1992年的《七龍珠Z》節目中，綠川先生所飾演的角色是「人造人16號」。

這原本就是個寡言的角色，但是我不小心在自己劇本的登場角色欄寫下「16號」，且就這麼印上了配音劇本中。明明台詞就只有「………」而已，卻把綠川先生請到了現場。

結果綠川先生一句話都沒有說到，我想片尾工作人員名單中也沒有他的名字。會兩次（！）犯下這種過失的我，就算被對方貼上沒用的標籤也是理所當然。

雖說如此，綠川先生卻仍記住了我。

我在1997年的《秀逗魔導士TRY》節目（我是個只寫了一篇劇本的懶惰劇本家，不過演出及分鏡圖因為有後來擔任《機動戰士鋼彈00》導演的水島精二先生幫忙，而編出了有趣的內容）的完工慶祝會中又遇見了綠川先生，他很親切地和我聊天。我們那天過得很愉快，他實在是個好人。

我跟飾演迪歐的關俊彥先生已經有很長的合作關係。雖說幾乎沒有記在官方紀錄中，但1988年以朝日SONORAMA文庫錄音帶版形式發售，原作為安芸

後記

一穗老師的ＭＭ行動系列第一作《白魔の惑星》中，關先生是飾演主角馬克，而寫廣播劇劇本的人，正是我這個才剛出道的新手。

後來在《亂馬１／２》、《霸王大系龍騎士》、《最遊記》、《火影忍者》、《犬夜叉》等許許多多作品中，我都仍有跟他合作。只是到了前陣子，我才得以將未開封的錄音帶交到他手上。

都已經過這麼久了，關先生仍然很高興地收下，他實實在在是個好人。

在這邊說明各位讀者拿不到的東西，或許也沒有什麼意義，但其實這卷錄音帶中是有著《ＭＭ行動》、《戰艦張飛》之類，跟《鋼彈Ｗ》類似的名字呢。

啊，還有很多想寫的東西，但實在很可惜，就等下次再說了——

隅沢克之

新機動戰記鋼彈W
冰結的淚滴
2 贖罪的旋舞曲（下）

作者 隅沢克之
插畫 あさぎ桜（角色繪製）
MORUGA（機械繪製）
機械設定 KATOKI HAJIME
石垣純哉
原案 矢立肇・富野由悠季
協力 中島幸治（SUNRISE）
森江美咲（SUNRISE）
高橋哲子（SUNRISE）
宣傳協力 BANDAI HOBBY事業部
顧問 富岡秀行
日版裝訂 KATOKI HAJIME
日版內文設計 土井敦史（天華堂noNPolicy）
陣形圖 八木寛文（旭Production）
日版編輯 角川書店
石脇剛
財前智広
大森俊介
長嶋康枝
森本美浪

Kadokawa Light Novels

機動戰士鋼彈UC 1~10（完）

UNICORN

Kadokawa Fantastic Novels

作者：福井晴敏　插畫：安彥良和、虎哉孝征

在可能性的地平線彼端，衝擊性的發展——
嶄新的宇宙世紀神話，在此堂堂完結！

受「獨角獸鋼彈」導引的漫長旅途終於走到盡頭，巴納吉和米妮瓦總算到達「拉普拉斯之盒」所在地。他們意圖將真相傳達給大眾，然而假面之王弗爾・伏朗托再度阻擋在他們面前。如今，圍繞「盒子」的一切恩怨糾葛，即將面臨清算的時刻……

各 NT$180~200/HK$50~55

台湾角川

Kadokawa Light Novels

STRIKE WITCHES

強襲魔女 劇場版 想要返回的天空

Kadokawa Fantastic Novels

作者：南房秀久 原作：島田フミカネ＆Projekt Kagonish 插畫：島田フミカネ、飯沼俊規

大受歡迎的劇場版在眾所期待下小說化!!
失去魔力的宮藤芳佳再度前往歐洲——

在先前的大戰失去魔力的宮藤芳佳返回故鄉，以當上醫生為目標努力求學。此時名為服部靜夏的魔女帶來派赴歐洲的留學命令。為了學習最先進的醫學，芳佳與靜夏一同從橫須賀出發，然而目的地歐洲再次出現涅洛伊。大受好評的劇場版小說化!!

台湾角川

NT$200/HK$55

Kadokawa Light Novels

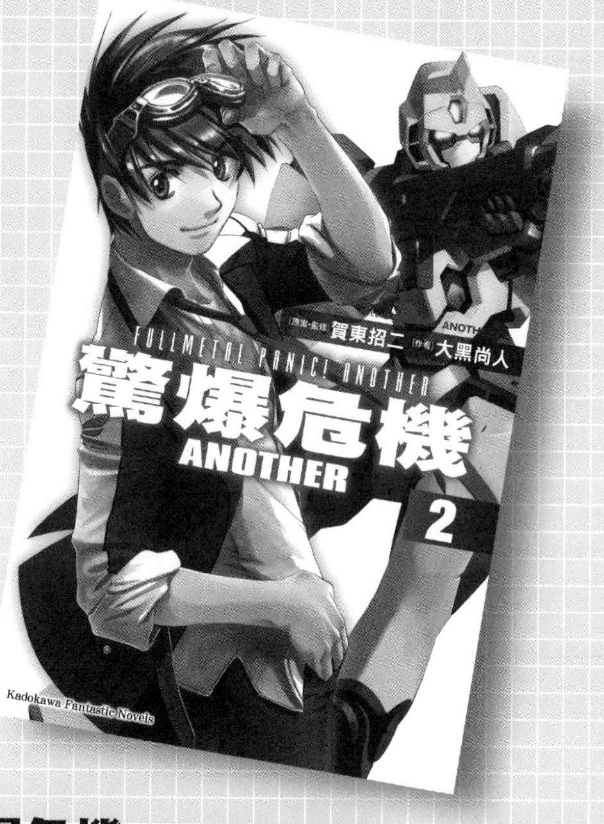

驚爆危機ANOTHER 1~2 待續

作者：大黑尚人　插畫：四季童子

Kadokawa Fantastic Novels

疾風怒濤般的SF軍事動作小說，
即將垂直起飛！

為了償還家中債務，達哉加入了D.O.M.S.。在結束魔鬼訓練之後，他返回日本，準備再次回到一如往昔的高中生活。然而，金髮美少女雅德莉娜及天才狙擊手克拉拉居然出現在陣代高中教室裡。於是達哉的日常生活再次起了變化——!?

各NT$180/HK$50

台湾角川

Kadokawa Light Novels

蜥蜴王 1~3 待續

Kadokawa Fantastic Novels

作者：入間人間　插畫：ブリキ

為了欺騙「神明」，成為「王者」，
我在此踏出了第一步。

好不容易才從「會場」逃出，遺憾的是我的苦難尚未結束。在我不知情的狀況下，最強的異能者翠鳥與巢鴨合作，美麗的殺手蛞蝓則與鹿川成實共同行動，甚至連白羊也出動了。名為「復仇」的人格描繪出螺旋軌跡，緩緩落入核心之中⋯⋯

台湾角川

各NT$180~200/HK$50~55

Kadokawa Light Novels

逃離樂園島 1 待續

Kadokawa Fantastic Novels

作者：土橋真二郎　插畫：ふゆの春秋

掌握了勝負關鍵的，
是自己與搭檔的「價值」？

高中生活的最後一個暑假。聚集於無人島上，男女加起來共一百名學生們以逃離無人島為目標互相競爭。被「極限遊戲社」的社員們視為怪人，備受矚目的沖田瞬雖以最快速度看穿了這場遊戲的本質。另外，只發給女孩們的神祕機器又隱藏著什麼──？

NT$180/HK$50

台湾角川

國家圖書館出版品預行編目(CIP)資料

新機動戦記鋼彈W冰結的淚滴 / 隅沢克之作 ;
王中龍譯.
-- 初版. -- 臺北市 :
臺灣國際角川, 2013.04-　冊 ;　公分. --
(Kadokawa fantastic novels)
譯自 : 新機動戦記ガンダムW フローズン.ティ
アドロップ
ISBN 978-986-325-306-8(第1冊 : 平裝) --
ISBN 978-986-325-413-3(第2冊 : 平裝)

861.57　　102002585

Kadokawa
Fantastic
Novels

新機動戰記鋼彈W 冰結的淚滴 2

贖罪的旋舞曲（下）

（原著名：新機動戦記ガンダムW フローズン・ティアドロップ2 贖罪の輪舞（下））

2023年6月28日 二版第1刷發行

作者：隅沢克之
插畫：あさぎ桜、KATOKI HAJIME
原作：矢立肇・富野由悠季
譯者：王中龍

發行人：岩崎剛人
總編輯：蔡佩芬
主編：林秀儒
美術設計：黃永漢
印務：李明修（主任）、張加恩（主任）、張凱棋

發行所：台灣角川股份有限公司
地址：104台北市中山區松江路223號3樓
電話：（02）2515-3000
傳真：（02）2515-0033
網址：www.kadokawa.com.tw
劃撥帳戶：台灣角川股份有限公司
劃撥帳號：19487412
法律顧問：有澤法律事務所
製版：巨茂科技印刷有限公司
ISBN：978-986-325-413-3